KB212245

행복한 동행

詩人 **조정숙**

45년 전북 전주 출생.
전주 성심여자고등학교 졸업.
재학 중 도내 백일장에서 여러 번 수상.
중앙대학교 국어국문학과 1년 마치고 중퇴.

조정숙 시인은 고등학교 재학 시절, 도내 백일장에 출전하여 최고상을 여러
번 수상하였다. 고등학교를 졸업하는 해에 중앙대학교 국어국문학과에 입학하
여 1학년을 마치고 결혼으로 중퇴하였다. 평생 하느님을 믿고 살아온 마음과
정성으로 시를 썼다. 그간 써온 350여 편의 시 중에서 몇 편을 뽑아 시집『행
복한 동행』을 엮었다.

조정숙 시집
행복한 동행

초판 1쇄 발행 2018년 9월 10일
초판 2쇄 발행 2018년 10월 30일

지 은 이 조정숙
펴 낸 이 이대현
펴 낸 곳 도서출판 역락

책임편집 임애정
편   집 이태곤 권분옥 홍혜정 박윤정 문선희 백초혜
디 자 인 안혜진 홍성권
마 케 팅 박태훈 안현진

주   소 서울시 서초구 동광로46길 6-6 문창빌딩 2층(우137-807)
전   화 02-3409-2058 FAX 02-3409-2059
이 메 일 youkrack@hanmail.net
홈페이지 www.youkrackbooks.com
블 로 그 blog.naver.com/youkrack3888
등   록 1999년 4월 19일 제303-2002-000014호

정   가 12,000원
ISBN 979-11-6244-284-5 03810

* 이 도서의 국립중앙도서관 출판시도서목록(CIP)은 서지정보유통지원시스템 홈페이지(http://seoji.nl.go.kr) 와
  국가자료공동목록시스템(http://www.nl.go.kr/kolisnet)에서 이용하실 수 있습니다. (CIP제어번호: CIP2018027440)

• • • • •

조정숙 시집

행복한 동행

역락

● ● ● ● ●

조정숙 시집

행복한 동행

역락

🏺 시집을 내면서

　칠십사 년이라는 세월을 살아오면서 참기 어려울 만큼 괴로움의 연속이었습니다.
　그러나 저는 언제나 기쁘고 행복했습니다.

　눈물 속에 주님의 위로가 있었고,
　언제나 주님과 손잡고 동행했기 때문입니다.

　행복이란, 성공과 재물의 축복 속에 있는 것이 아니고,
　사랑과 감사와 자족 속에 있다는 것을 깊이 깨닫는 요즈음입니다.

　아름다운 언어를 구사하는 시인도 아니고 시집을 내야겠다고 생각해 본 적도 없습니다.
　그저 저 자신에게 속삭였던 말들입니다.

　자식들과 사랑하는 사람들에게 들려주고 싶었던 말들이 책으로 나오니, 어리둥절하고 신기할 따름입니다.

아무리 괴로워도 인생은 한 번쯤은 꼭 살아야 할 가치가 있다고 생각됩니다.

누군가 괴로운 분들이 이 글을 읽고 위로와 힘을 얻게 된다면, 제 인생도 헛되지 않았다 싶습니다.

이제까지 지켜 주시고 동행해 주신 주님께 찬미와 영광을 드리며, 보잘것없는 저를 사랑해 주시고 도와주신 모든 지인들께 진심으로 감사드립니다.

2018. 8.

조정숙

차례

1부 가족과의 동행

2부 나 자신과의 동행

3부 세상과의 동행

4부 주님과의 동행

1부

가족과의 동행

열매

아들들아! 손자야!
지나온 내 인생을 뒤돌아보니
나는 없구나.

너희들로 기뻤던 날들
가슴 졸이며 눈물로 수를 놓았던
그 많은 날들
내 인생 너희들로 가득 채워져 있네.

아들들아! 예쁜 내 손자야!
한 알의 밀알이 죽어 새순이 돋고
낙엽이 썩어 예쁜 꽃으로 피어나듯이
나는 썩고 또 썩어
너희는 날마다 무성하여
주렁주렁 많은 열매를 맺어 주렴.

손자와의 사랑

던지면 제자리로 돌아오는 부메랑 같은 사랑
산에서 소리치면 되돌아오는 메아리 같은 사랑
손자와의 사랑은 그런 사랑이 아니다.

사막에서 아무리 달려가 봐도
잡을 수 없는 신기루 같은 사랑
흐르는 시냇물을 손에 가득 담아 보아도
손가락 사이로 다 빠져나가 빈손 되는 사랑
손자와의 사랑은 그런 사랑이다.

아! 생각만 해도 가슴이 벅차오르건만
보고 돌아서면 또 그리워지는 마음이건만
채워질 수 없는 짝사랑에 가슴 허전한
아! 황혼에 주님이 주신
마지막 사랑이여.

야 임마! 잘 들어.

만일 네 할아버지께 그 정성 들였으면
고맙다고 날 업고 동네 한 바퀴 돌았겠고
네 아빠를 너만큼 사랑해 주면
우리 엄마 최고라고 볼에 뽀뽀라도 해 주련만……

손자와의 사랑은
자꾸 자꾸 달아나는 사랑이네.

대비마마

아기가 야구 하자고 하도 졸라서
땀을 뻘뻘 흘리며 야구를 한다.

조그만 공을 내가 던지고
기다란 막대기로 아기가 받아 치는데
공이 자꾸만 헛나가
거실 구석으로 데구르르 굴러만 간다.

화가 난 우리 아기 눈을 부라리며
할머니 바보
우리 아빠한테 이를 거야.

기가 막혀 내가 중얼거리네.
야 임마!
촌수나 제대로 알고 댐벼라.
내가 니 아빠 낳은 대비마마다.
너 까불었다가는 내 아들 상감에게

엉덩이 때리라고 명령할 꺼다.

아내

내 아들들아!
우리 하느님이 말씀하셨단다.
네 부모를 떠나 네 아내와 한몸을 이루라고…….
너희들을 내가 낳고 길렀지만
나는 너희들과 하나일 수가 없어.

너희와 하나일 수 있는 사람은 단 하나
하느님이 짝지어 주신 너희 아내뿐이니
이 세상에서 가장 귀한 인연이 아니겠느냐?

내 아들들아!
네 마음과 정성을 다하여 아내를 귀히 여기고
외로워 눈물짓지 않도록 잘 보살피고 사랑하거라.

아내의 괴로움이 바로 너희들의 괴로움이니
아무 생각 없이 무심하게 세월을 보내지 말고
사랑한다 항상 말하고

따뜻하게 품어 주어 아내가 웃게 하거라.

네 머리에 듬성듬성 흰 머리가 희끗거릴 때
등이 약간 구부러져 걸음걸이 뒤뚱거릴 때
너희 아내들이 너희 위해 저녁을 준비하면서
지난날의 너의 사랑과 배려가 생각이 나서
빙긋이 미소 지으며 기쁜 마음으로 할 수 있도록
날마다 배려하며 사랑하거라.

엄마의 사랑

엄마와 아빠는 살과 피를 물려주신
똑같은 부모이지만 자식에 대한 사랑만은 좀 다르다.
아버지는 잘나고 똑똑한 아들
집안을 빛내주는 자랑스런 아들
용돈도 두둑이 잘 주는 자식을 사랑하고 대견해 하지만

어머니는 못나고 어리석은 아들
말썽만 부리며 속을 썩이고
모든 일이 잘 안 되어 간이 살살 녹아내리게 하는
그런 못난 아들을 더 사랑한다.

생각만 해도 가슴이 애릿애릿 저리고
목에 걸린 가시처럼, 생손 애리는 손가락처럼
꿈에도 잊지 못할 자식.
그런 자식을 더 사랑하는 엄마의 마음.

아! 엄마의 그 사랑은

그 누구의 사랑과 닮지 않았는가?

의인이 아닌 죄인을 위하여 오신 분.
약한 자 못난 자 가난한 자들을 불쌍히 여겨 주시고
끝없이 사랑하여 주셨던
주님의 사랑을 가장 많이 닮은 건
우리 엄마들의 사랑이어라.

굴비

설날 아침에
손바닥만 한 굴비를 두 마리 구어
상에 올려놓고 빙 둘러앉아 식구들 밥을 먹는데
아무도 손을 대지 않네.

한 마리 툭 분질러 살을 발라
남편 밥 수저에 한 점 올려주고
애들아! 굴비 먹어라 했더니
우리 막내 빙그레 웃으며 그걸 먹어 봤어야지요.

아! 가난했던 지난날
시장에 가 굴비 두 마리 사다
한 마리 구워 상에 올리면
어린 새끼들 그걸 먹으려 젓가락 대면
내가 그 젓가락 자꾸 밀어냈었지.
할머니 드시게 너희는 참아
마음속으로 그리 말하며……

애들아! 이제 할머니도 돌아가셨고
이제 굴비 먹을 형편은 되니
마음껏 먹어라 아무리 말해도
아무도 손 안 대는 굴비.

상 위의 굴비는 속도 모르고
이 집 식구들 나를 되게 싫어하나 봐.
투덜거리며 눈을 흘기네.

공주들에게

자비하신 주님께서
너무도 예쁘고 귀한 선물을 주셨네.
배도 아프지도 않았고
아무 고생과 수고도 안 했는데
두 딸을 주님께 거저 받아서
보물처럼 두 손에 쥐고 기뻐하노라.

큰공주에게는 사랑이라 이름 붙이고
막내공주에겐 감사라 이름 붙여서
내 평생 사랑하며 귀히 여기리.

사랑이는 하얗게 툭 터져
맛있게 삶아진 햇감자 같고
감사는 햇볕에 빨갛게 잘 익은
새콤달콤한 햇사과 같아서
나에게는 너무나 과분하여라.
우리 감사가 말했지.

저도 형님처럼 사랑해 주세요.
감사야! 똑같이 똑같이 사랑한단다.

내가 너희에게 간곡히 부탁하노라.
우리 하느님이 아담을 창조하실 때
조금은 부족한 철없는 아이같이 창조하셔서
세상을 기웃거려 죄짓기 쉽게 만드셨으니
언제나 잘 지키고 협조 잘하여
너희 남편들을 영육 간에 성공시켜라.

예쁜 공주들아!
우리의 자손들이 세상 끝까지
한 사람도 빠짐없이 다 구원받고
주님 영광 위한 밑거름이 된다면
우리의 만남이
너무나 큰 보람이 아니겠느냐?

사랑하는 아들들에게

깊은 밤 세 시에 눈이 뜨였다.
가을의 전령사인 귀뚜라미가
요안나 씨가 그리도 기다리던 가을이 왔어요 하며
요란하게 울어대는구나.

땀 흘리며 열심히 일하고 있을
큰애가 생각이 나서 잠은 멀리 달아나네.
가엾은 내 아들. 잠도 못 자고
가슴이 쓰리도록 안쓰럽고 미안하기만 하네.

아무리 고생스러워도 한 마디 불평 없이 묵묵히 일하며
온 식구 편안하게 해 주려 애쓰는 내 아들.
아들아! 진짜 고맙고 감사하구나.

내 희망이며 자랑인 막내야!
너에게 사과할 일이 태산 같구나.
어려서부터 착하고 공부도 잘했던 내 아들.

네 형이 너에게 치일 것 같아
너를 푸대접하며 키웠던 엄마
얼마나 상처를 많이 받았을까?
사랑하는 막내야! 이 엄마 용서해 주라.

긴긴날 수없이 입원한 아빠의 그 많은 병원비를
얼굴 한 번 찡그리지 않고 다 지불해 준 내 아들.
아빠는 네 덕에 참 많이 더 살다 갔어.
고통 중에 있던 형은 얼마나 많이 도와주었더냐?
아들아! 고맙고 미안해.
엄마가 세상 끝까지 감사하다 가마.

괴롭고 서글펐던 내 인생을
너희 둘이 보상해 주고
네 아내들에게
끔찍이도 존경받고 사랑받고 살아서
이 엄마 기 죽지 않고
마음 편하게 살게 해 주어서

아들들아 정말 고마워.
많이 많이 사랑한다.
너희들이 내 아들인 것이 정말 감사해.

작은 천국

땅동 초인종을 누르자 문이 스르르 열리어
층계를 오르니 아들과 손자 녀석이 기다리고 있네.
자그마한 접시에 빠알간 딸기 하나.
할머니! 오늘 처음으로 딴 딸기이니
할머니가 먼저 드셔야 해요 하며 입에 넣어준다.

사르르 녹아내리듯 어찌나 달고 맛이 있는지
사랑까지 넣어 먹여주니 이렇게도 맛이 있는가
옷을 갈아입고 손을 씻고 있는데
어서 와서 식사하라 야단들이네.
너희들 먼저 먹어라 소리 쳤더니 손자의 목소리가 들리
어 온다.

엄마 아빠는 예의도 없이
우리 할머니 안 오셨잖아?
수저 들려 했던 엄마 아빠가
아들에게 혼이 나는 모양이다.

부리나케 달려와 기도하고 밥 한술을 뜨자
모두 수저들을 든다.
아! 주님 감사합니다.
여기가 바로 작은 천국이군요.

이 작은 천국에서 머물다 가게 해 주신
사랑하는 나의 주님!
진심으로 감사드립니다.

두 아버지

어려서부터 난 아빠가 참 좋았다.
다정하시고 따뜻하셔서
시집살이에 몸도 마음도 지쳐
두 아들 손잡고 친정에 가면
푸줏간으로 달려가시던 아버지

포도 복숭아 한아름 사다 내 품에 안겨 주시며
많이 먹고 힘내거라. 넌 어떤 어려움도 이길 수 있을 거다.
따스하게 위로하시며 다독여 주시던 아버지

설령 내가 큰 잘못을 저지르고 울며 돌아간다 해도
아무 말 없이 받아 주실 것만 같은
믿음이 가고 의지가 되던 나의 아버지

그런 아버지를 둔 나는 하늘 아버지의 사랑도
받아들이고 인정하기가 쉬웠던 것 같다
우리 하늘 아버지도 내 아빠처럼 따뜻하시고 다정하시어

내가 아무리 죽을죄를 저지르고
기죽어 고개 푹 숙이고 돌아간다 해도

사랑의 손길로 내 등을 토닥이시며
애야! 너는 이 세상에서 내가 제일 사랑하는 딸이 아니냐?
걱정하지 마라. 두려워 떨지 마라. 내가 너를 지켜 주마.
너를 위해서라면 십자가에서 또 한 번 죽을 수가 있단다.
이렇게 말씀해 주시리라고 믿기가 어렵지 않았다.

나는 아버지 복이 참 많기도 하지.
좋으신 두 아버지 덕분에 가장 행복한 사람이어라.

아버지

아들 하나 낳아 보지 못하고
딸만 내리 일곱을 두신 아버지가
천국에 가신 지 십구 년이 되었네.

다정하시고 따스하셔서
아내를 끔찍이도 사랑하시고
딸들을 보석처럼 아끼셨던 아버지.

내가 어렸을 적 캄캄한 밤에
갖은 과일을 한아름 들고
힘들게 오시는 아버지를 마중 나가서
도란도란거리며 집에 오던 길.

호랑이 엄마에게 혼쭐이 나서
구석에 앉아 훌쩍거리면
젖은 수건으로 눈물을 닦아 주며
달래 주시던 화롯불 같은 우리 아버지.
어린 딸을 무릎에 앉히시고

시집갈 때 무얼 가져갈래 물어보시면
벽시계와 재봉틀을 손가락으로 가리키자
다 가져가거라 껄껄 웃으시던 나의 아버지.

시집살이에 찌든 내가 보이면
얼른 푸줏간으로 달려가시던
아! 꿈에라도 보고 싶은 아버지.
세월이 흐를수록 더 그리워지는 내 아버지.

인생의 마침표를 찍으려 할 때
오그라진 고추에 깡통을 대고 쉬 시키고
대변을 치우며 엉덩이를 토닥거리자
꺼져가는 눈으로 지긋이 바라보시며.
「아가! 고맙구나. 네가 없었으면 어쩔 뻔했냐?
내가 죽고 나서 네 남편이 미운 짓 해도
다 용서해 주고 잘 해줘라.」

아버지의 이 말씀이 생각이 나서
남편을 사랑하며 잘해 주어야겠다고
오늘도 마음 다져 봅니다.

아버지!
너무도 너무도 감사합니다.

어머니에게

삼복더위 아버지 생일날
우리 자매들이 소고기 넣은 미역국을 먹을 때
우리 어머니는
신김치 국물에 밥을 비벼 드셨습니다.

어머니도 고깃국 드세요.
아무리 권해도 난 고깃국이 싫다 하시어
난 그 말이 정말인 줄 알았습니다.

철쭉꽃 활짝 핀 내 약혼식 날
잠자리 날개 같은 분홍색 한복으로 날 입혀 놓으시고
어머니는 다닥다닥 기운 속치마를 입으셨습니다.

감기 몸살로 열이 펄펄 나고 온몸이 쑤실 때
내가 다리 주물러 드리려 하면
손 아프다 손도 못 대게 하시던 어머니

아기 낳고 굶고 있는 이웃 아줌마에게
쌀과 장작을 이어다 주시고
가난한 외삼촌이 살고 있는 서울 쪽을 차마 못 바라보
시던
소금과 빛 같은 내 어머니여!

교회 목사님 심방 오시던 날
우리는 학교에서 돌아올 때 뛰어왔지요.
맛있는 과일과 반찬이 풍성했으니
없는 살림에 어떻게 그리했을까?
기도를 못 한다고 항상 미안해 하시며
날마다 우리 위해 기도하신 우리 어머니.

이제 우리들이 엄마가 되어서 보니
우리는 엄마의 그림자도 못 따라갑니다.
그러나 우리는
서울에서 전주에서 군산에서
조그만 촛불이 되고 한줌 소금이 되어
엄마가 물려주신 믿음 잘 지키고
조금이라도 엄마를 닮아 가려고
오늘도 애쓰며 살아갑니다.

호박꽃

옆집 담을 넘어 온 호박 줄기에
몇 송이 노오란 호박꽃이 피어 있네.
우리 정 많은 엄마를 닮은 꽃.

색색으로 무리지어 피어 있는 분꽃도 아니고
앙증맞은 앉은뱅이 꽃도 아니어서 별 볼품없는 꽃.
서울 사는 큰딸이 사온 새 옷을 입혀 보고 앞뒤로 봐도
영 촌티를 못 벗는 우리 엄마 같은 꽃.

반질반질 윤이 나는 애호박을 똑 따다
기름 둘러 전을 부치면 그렇게도 맛이 있고
겉늙은 것은 게를 넣어 지져주면
맛있다고 손가락 쪽쪽 빨아가며 먹는 자식들 보고
그렇게도 흐뭇해 하시던 엄마 닮은 꽃.

노오랗게 익으면 죽도 끓여 먹고
첫 아기 낳고 퉁퉁 부어 있는 새색시에게

폭 고아먹이던 노오란 호박들의 엄마인 꽃.

첫 애 낳고 발가락 하나도 못 움직이며 누워 있는 나에게

산모에게 좋다는 더덕에 장닭을 넣어 푹 곤

뜨거운 약물을 머리에 이고 조심조심 한 시간을 걸어오시어

한 대접 먹이시고 돌아가시며 아무래도 우리 딸 죽을 것 같다고

엉엉 울고 가신 오래 전에 돌아가신 그리운 엄마가 생각이 나서

가슴이 찡하여 눈물 한 방울 톡 떨어지게 하는

담에 피어 있는 노오란 호박꽃.

생일날

섣달 스무 여드레
쌩쌩 바람 불어 문 밖에 나가기 싫은
설날 이틀 앞두고가 내 생일입니다.

우리 어머니
설날 이틀 남았으니
미리 내 생일날 떡하고 전을 부칩니다.

시루 옆구리가 자꾸 터져서 애를 태우시며
빠알간 시루떡 한 말 하시고
방앗간에서 줄줄줄 나오는 가래떡 한 말과
노오란 콩고물이 고소한 인절미도 만드십니다.

자 이제 전을 부쳐야지.
항아리 뚜껑을 열어보신 어머니
깜짝 놀라 소리치십니다.
어쩜 이리 다 뜯어 먹었니?

한 달 전에 사다 감추어 두신 오징어 두 축.
제일 먼저 다리 다 뜯어 먹고
다음에 대가리도 다 뜯어 먹었으니
몸만 덩그러니 남아
우리 엄마 보고 빙긋 웃었겠지요?

고구마전 오징어전 몇 채반 부쳐 놓으시고
깨강정 오꼬시 만드실 때에
엄마 옆에 바짝 붙어 앉아서
낼름낼름 집어먹으면
그렇게도 맛있었는데…….

밤에 잠을 자려다가
벌떡 일어나 장롱을 열고
설빔으로 사다놓은 곤색에 흰 줄이 쳐진
티셔츠와 운동화 꺼내어 품에 안고
잠자리에 누워 보지만
너무 좋아 가슴이 콩당콩당 뛰고
눈이 말똥말똥하여

온 밤을 하얗게 새운
어린 날의 내 생일날.

시어머니

우리 막내의 나이가 마흔일곱.
우리 시아버지가
꼭 그 나이에 돌아가셨단다.

한 번도 본 적이 없는데
내 자식들이 그 나이가 되고 보니
우리 시아버지 그 젊은 나이에
예쁜 아내와 어린 자식들을 두고
어찌 눈을 감으셨는지 내 가슴이 싸아해진다.

젊어서 홀로 되신 우리 시어머니.
성격이 두루뭉술 못하여
시댁과 친정과도 담을 쌓고
오직 자식들과 머리 맞대고 사시다가

낯설고 얄미운 며느리가 들어와서
남편처럼 의지하던 큰아들을 홀랑 빼앗아가고

살림 주권도 채가서 갔으니
이가 갈리도록 며느리가 밉고 원망스러웠나 보다.

그때는 왜 그러는지도 모르고
날이 날마다 찍찍 울면서
어서 늙어 나도 며느리 얻어
그렇게도 미운건가 보자 했더니
이제 나도 늙어 가만히 생각해보니
청상이신 우리 어머니
그러실 만하다 이해가 된다.

돌아가실 때 내 손을 잡고
고맙다 미안하다 자꾸 하시더니
돌아가신 얼굴이 천사처럼 편안하셨다.
지금쯤 천국에서 나를 보시며
믿는 며느리 덕분에 나 천국에 있다. 말씀하실까?

효자 아들 덕분에
따뜻한 방에서 잠을 자려면
어머니 방을 따뜻하게 못해 드린 것이 자꾸 걸려서
뒤척뒤척 자꾸 몸을 뒤척입니다.

나중에 천국에 가서
우리 시어머니 만나 뵈면
제일 먼저 그것을 사과하겠습니다.

남편

나를 너무나 슬프게 한 사람
나를 한없이 울렸던 사람
절대 용서하지 않으리라 다짐했지만
지금 이 사람이
내가 가장 사랑하는 주님이랍니다.

당신은 나에게 말씀하십니다.
지극히 작은 자에게 한 것이
나에게 한 것이니라.

병들어 초라하게 누워있는 네 남편이
바로 나다 하고 당신이 억지 쓰시나
아! 나는 당신을 사랑하기에
왜냐고 당신께 묻지 않겠습니다.

나의 주님을 위하여
땀을 뻘뻘 흘리며 뜨신 밥을 짓고

힘들어도 온몸을 주물러 주며
나의 주님께 속삭입니다.
어때요, 주님! 시원하세요?

용서

남편과 한바탕 전쟁을 하고
씩씩거리며 현관 밖 의자에 앉아서 하늘을 본다.

그 옛날 이사할 때마다 손 하나 까딱하지 않고
억세게 나만 부려먹던 얄미운 사람.
월급을 줄 때마다 내 자존심을
무참하게 짓밟았던 무정한 사람.

내가 서러워 울 때
왜 우는지 짐작도 못하던 바보 같은 사람.
밤마다 술 먹고 와서
울며 밤을 지새우게 했던 고약한 사람.

가슴 밑바닥에 가라앉아 있던 앙금들이
보시시 고개를 들고 나와
나를 더욱 비참하게 한다.

용서하나 봐라. 절대 용서 못한다.
이를 갈며 다짐하는데 하늘 저 너머에서
우리 주님 고요히 말씀하시네.

너는 일 만 달란트를 탕감 받고서
백 데나리온밖에 빚지지 않은 네 남편을 용서 못하겠느냐?
지우개를 꺼내 단단히 새겨진
죄목들을 하나씩 지워 나간다.

한 번도 속 썩이지 않던 아들과 한바탕 하고 나자
머리끝까지 화가 난 우리 아들
방문을 걸어 잠그고 식사하러 나오지도 않네.

괘씸한 자식, 싸가지 없는 자식, 못된 놈.
세상에서 제일 나쁜 말들을
중얼거리며 설거지를 한다.

내 인생이 너무도 억울하고 서글퍼서 눈물 흘리며
용서 하나 봐라, 잘못했다 빌어도
절대 용서 안 한다 중얼거리는데
주방 창문으로 주님이 바람 되어 속삭이시네.

애야! 너도 오늘 많이 속상하지?
나도 너 땜에 엄청 속이 상했었단다.
그래도 네가 돌아왔을 때
나는 송아지 잡아 잔치했단다.

앞치마에 손을 싹싹 문지르고
거실에 나와 아들 방을 향해 중얼거리네.
우리 집 남자들 수지맞았어,
주님 아니시면 용서? 국물도 없다.

산길에서

남편과 둘이서 걷던 뒷 산길을
오늘은 홀로 걷는다.
앞서거니 뒷서거니 걸었던 그 길.
그때도 봄이었었지.
진달래가 만발하였고 산벚꽃들이 방긋방긋 웃고 있었네.
연둣빛 새순들이 고개 숙이며
예쁘다며 만져 달라 손 내밀던 곳.

인생이 참 허무하구나.
마음에 스산한 바람이 분다.
나를 그렇게도 울렸던 그 사람은
지금 어디에 있을까?

하느님의 자식이었으니 지옥에 갔을 리는 없고
그러면 연옥에 있을까?
끝내 고생시켜 미안해, 한마디 사과도 없이
말없이 슬그머니 가버린 사람.

지금이라도 요안나야! 진짜 미안해.
이렇게 생각이나 하고 있을까?

머언 나중에
천국에서 만나서도
미안하다 사과하지 않으면
그때는 정말 절교할 거야.

남편께 올림

사십 년이 넘도록
마주 보며 살아온 사람.
마음이 맞지 않아
늘상 원망하며 살아 왔는데

당신이 멀리 떠나간 지금
사진을 바라보며 중얼거리네.
여보시오! 당신이 어떤 여자의 짝꿍이었는지
참 훤하게 잘도 생겼우.

시골 할머니가 노오란 단무지를
길가에서 앉아 팔고 있으면
그걸 좋아했던 당신이 문득 생각이 나고

햇복숭아가 눈에 뜨이면
우리 애들 아빠가
딱딱한 복숭아를 그리도 좋아했는데 싶어

가슴이 찡하며 눈가가 젖어오는데

여보! 미안합니다.
좀 더 이해하고 사랑해 줄 걸
당신의 못된 아내가 오늘도 기도합니다.
부디 주님의 품안에서
영원히 안식하시기를……

또 만날까요?

여보세요 남편 씨!
하느님이 만약
우리에게 또 한 번의 생을 주신다면
우리 어떡할까요?

난 누굴 만나도 잘 살 자신 있는데
울보 떼보인 당신이 걱정이구려.
드센 여자 만나서 울고 살까 봐
아무래도 마음이 놓이지가 않네.

아! 할 수 없구려.
우리 다시 또 한 번 만나
지지고 볶으고 살아 봅시다.
우리 예쁜 새끼들 또 다시 낳고
행복하고 편안하게 살아 봅시다.

그러나 당신

꼭 명심하구려.

그때에도 날 울리고 애를 태우면

그때에는 당신

내 손에 죽을 줄 알어.

할머니날

어버이날이 또 돌아온다.
우리 손자, 버튼을 누르면
어버이의 은혜가 흘러나오는
빠알간 카네이션 한 묶음을 사가지고 와서
자그마한 선물 꾸러미와 함께 주면서
작은 목소리로 소곤거리네.

할머니! 우리 엄마 아빠 모르게
깊이 감추어 두고 절대 말하지 마세요.
내 방 찬장 속 그릇 뒤에 감추어 두고
시침을 딱 떼고 있다.

할머니가 이제까지 널 키워 주었는데
내 선물은 없어?
어쩌는지 보려고 볼멘소리로 내가 말하자

할머니날이 아니거든요. 어버이날이에요.

우리 아빠 엄마가 할머니 자식이니까
어버이날에 선물해 주실 거예요.

야 임마 싫어,
나도 노래하는 카네이션 갖고 싶어.
할머니! 참아주세요.
할머니날 돌아오면 사드릴게요.
아! 제발
누가 할머니날 좀 제정해 줘요.

내 동생 (한숙이에게)

저 멀리 안양에
참으로 귀한 내 동생이 살고 있습니다.

너무도 어여쁜 처녀 시절
교회에서 봉사 다니던 원호 병원에서
교통사고로 온몸이 마비된 한 청년을 만나
온 식구 친척까지 다 교회 다니기로 약속 받고
둘이서 결혼식을 올렸습니다.

신랑은 휠체어에 보도시 앉혀 있었고
딸을 주어야 하는 우리 외삼촌의 눈에
눈물이 가득 고여 있었습니다.

그 후로 삼십 년이 넘어
이제 환갑이 다 된 내 동생.
그 많은 시간, 자식 하나 가져보지 못한 채
한마디 불평 없이 병수발만 해야 했던

주님 향기 풍기는 한 송이 순결한 백합이어라.

너는 주님을 꼭 빼닮은 천사로구나.
십자가 같이 져서
주님을 기쁘게 해 드린 자식이구나.

아! 네 주님이 너에게 상을 주시리.
침상에 맥없이 누워있는 네 남편이
네가 가장 사랑하는 주님이시니
너는 평생을 주님의 똥을 받아내고
상처에 약을 발라주며 위로해 주었구나.

가장 작은 자에게 한 것이
나에게 한 것이다 주님 말씀 하시니
동생아!
훗날에 네 신랑 되신 주님에게
큰 상과 칭찬을 받으려무나.

가난

가진 것 없어 괴롭노라고
슬퍼하고 투덜거리며 살아온 날들.
지금 와서 생각해 보니
가진 것 적어서 홀가분하여라.

수북이 쌓여 있으면
그 무게에 짓눌려 단잠을 못자고
가난한 이웃에게 미안하여
따뜻한 밥 한 그릇
맛있게 먹지 못하리.

머언 훗날에
사랑하는 내 님이
어서 오라 이름 불러 주시는 날.
가진 것 없어 뒤돌아보지 않고
가벼이 뛰어가 만날 수 있으리.

애들아!
너희들도 조금만 부유하고
많이많이 가난하거라.

오! 해피 데이

아침에 눈을 뜨고
주님께 감사의 인사를 한다.

창문을 활짝 여니
오! 싱그러운 바람이 뺨을 스치네.
오늘을 주신 주님께 찬미와 영광이 있어라.

쌀을 씻어 밥을 안치고
또닥또닥 된장을 지져 상을 차려
사랑하는 식구들 둘러앉아 밥을 먹으며
너무도 잘 먹여 주시는 주님께 감사드리네.

따뜻한 커피를 한 잔 마시며
텔레비전을 틀어 당신의 음성을 들을 때
파도처럼 밀려오는 기쁨과 행복함이여…….

뒷산을 다녀오는 아픈 남편을 위해

따뜻한 점심을 지으면서 다짐해 보네.
지극히 작은 자가 바로 나다 하셨으니
아픈 남편을 끝까지 사랑하며 보살피리라.
내 주님도 십자가에서 죽으셨으니
나도 그곳에서 정녕 죽으리.

어린 천사와 깔깔거리며 칼싸움 하고
블록으로 집 쌓기를 하면서
황혼에 받은 끔찍이 귀한 선물에 감동하여라.

어스름 황혼에 지쳐 돌아오는
예쁜 내 귀한 공주를 위해
부지런히 김부각 굽고
공주가 좋아하는 조기를 구우면서
나는 행복의 찬송을 부른다.

이제 밤이 깊었네.
엎디어 주님께 감사하면서 중얼거리네.
오! 해피 데이. 오늘도 너무나 행복했구나.

머언 훗날,
주님이 날 사랑하여 불러가는 날.

아무도 울면서 장송가를 부르지 마오.
승리의 노래를 부르면서 축하해 주오.

가난했어도 난 행복했었고
사랑으로 내 가슴은 터질 것 같았으며
천국에서 살다가 천국으로 옮겨가오니

오! 날마다 해피 데이!
영원히 영원히
해피 해피, 해피 데이!

2부

나 자신과의 동행

청춘

점심 설거지를 마치고
소파에 앉아 선풍기를 쏘이면서
천 원짜리 한 장을 손에 쥐고 생각해 보네.

두부를 사서 된장을 끓일까?
콩나물을 사다 시원하게 국을 끓일까?
오이를 사다 새콤달콤 냉국을 탈까?

자식들아!
너희들은 매일 밥 하느라 쩔쩔매고
아빠와 토닥거리는 그러한 엄마만 알지?

애들아! 아니야.
나에게도 가슴 시린 청춘이 있었단다.
검은 머리 길게 늘어뜨리고
젊음 하나로 눈부시게 아름다웠던
가슴 두근거리던 청춘이…….

풋풋한 첫사랑의 아련한 추억과
가을날 낙엽 지던 길을 홀로 걷던 낭만이
비 오던 날 소곤소곤 시를 외우며 헤매던 그 길이
아! 오늘 갑자기 그리워지는구나.

파우스트는 영혼을 팔아 청춘을 사드라만
오늘 이 자리에 앉아 무슨 반찬을 할까 망설이는 내가
정말로 나는 좋다.

모과

주일날 성당에 다녀오면서
빠른 길로 가려 완주 군청으로 걸어오는데
정원의 모과나무에
노오란 모과가 주렁주렁 열려 있네.

아! 저 모과 우리 아들 차 속에 넣어 줬으면…….
뒤꿈치를 들고 보도시 세 개를 따서
집에 돌아와 식탁 위에 올려놓았다.

나도 세금 내는 국민이니
군청 모과 세 개쯤 따도 죄가 안 되겠지.
아무리 달래 봐도 목구멍에 가시가 걸린 듯 하고
더러운 옷 입은 듯 께름칙하네.

아! 저 모과가 선악과인가 봐.
우리 하느님 이걸 따 먹으면
정녕 죽으리라 하셨는데…….

어스름 저녁에 밥을 안치고
모과를 들고 살금살금 군청에 가서
모과나무 밑에 가만히 놓고 돌아서는데

등 뒤에서 우리 주님 말씀하시네.
나도 정죄하지 않으리니
다시는 죄 짓지 마라.

너는?

꽃밭에 심어져 있는 고추를 따려고
고추밭에 들어서니
주렁주렁 앙증스럽게 고추가 열려 있네.

신통하구나 칭찬하면서
한 주먹 따가지고 돌아서는데
한 나무만이 키가 엉성하게 큰 채
고추가 통 열려 있지 않네.

넌 왜 속없이 키만 크고
고추 하나 맺지 못하니 나무라는데
내 귓가에 들려오는 소리.
너는? 너는? 너는?

겉만 번지르르하고
속이 텅 비어 있는 나를 주님이 탓하시는 것 같아
가슴이 찡하고 눈물이 핑 돌아

힘없이 고개 숙이고
말없이 꽃밭에서 발을 옮기네.

예뻐 보이는 안경

멀리 서서 나를 가만히 쳐다본다.
아! 예쁜 데라고는 하나도 없네.
어쩌면 저렇게도 세련되지 못했을까?

평생을 화장 한번 안 하고 살고
좋은 옷 한번 입어보지 못한 나.
좋은 옷을 입으면 죄 짓는 것 같고
반지라도 끼면 내가 아닌 것 같아.

생선 다라이 머리에 올려 주면
영락없이 갈치 장수 같겠고
채소 구루마 손에 쥐어 주면
딱 배추 장수 같이 보일 것 같아.

그런데도 우리 주님 말씀하시네.
세상에서 제일 예쁜 내 새끼야!
이웃들도 이리 말하네.

참 좋은 사람이에요.
사랑하는 대녀들도 이리 말하네.
대모님을 닮고 싶어요.

아! 아무리 보아도
한여름 뙤약볕에 시들어 빠진
팔다 남은 열무 다발 같은 내가 예뻐 보인다니
당신들은 예뻐 보이는 안경들을 맞춰 썼나요?

꿈을 꾸며

나는 꿈을 꿉니다. 남은 날 동안
어떻게 살 것이며 무엇을 이루려 애쓰며 살 것인지……
행복한 미소 지으며 사랑하는 사람들과
이별의 인사를 기쁘게 나누는 날까지.

뜨겁게 주님을 사랑할 것입니다.
내 가족, 친구, 이웃들에게
조금이라도 도움이 되려 애쓰며 살겠습니다.

하나뿐인 손자.
주님이 주신 이 귀한 보물을 잘 키워
주님이 원하시는 도구로 쓰시라고 아낌없이 드리기 위해
남은 세월 많이 애쓰겠습니다.

항상 기도하고 언제나 기뻐하겠습니다.
어떠한 처지에 처할지라도 항상 감사하겠습니다.
그리하여 남은 날들이

내 인생에서 가장 빛나고 가치 있기를……

백발이 되어서도 이러한 꿈을 꿀 수 있도록
은총 베풀어 주신 내 주님께
진심으로 고개 숙여 감사드리네.

아들 있어요?

어머니가 돌아가시기 전
시골 막냇동생 집에 계시어
어머니 좋아하시는 홍시를 사가지고 갔네.

어머니 나를 보시더니
아줌마! 아들 있어요?
네 둘 있어요 하는 내 대답에
아이고 성공했네요 축하합니다.

치매 걸리시기 전
한 번도 아들 없음을 한탄하시지 않으시더니
그리도 가슴에 한으로 남으셨는가?

아! 그 흔한 고추 하나 달고 나와서
우리 어머니 인생을 성공시킬 걸.
돌아오는 차 속에서 내내 눈물 훔치며
입속으로 나는 중얼거렸네.

지금도 어머니가 생각이 나면
내 귓가에 맴도는 소리
아줌마! 아들 있어요?
아이고 성공했네요 축하합니다.

인생 1

딸 부잣집에 다섯 번째로 태어난 나는
어렸을 적 별명이 서운이입니다.
이리 생각해도 서운하고
저리 생각해도 섭섭해서
다정하고 따스하신 우리 아버지
새벽녘에야 들어오셨답니다.

초등학교 시절
휘영청 달 밝은 밤에
동네 머슴아 가스나들이 모여
숨바꼭질하고 수박이 익었나 설었나
머리통을 두드리며 깔깔대던 어린 시절.

조금 커서 여학교 시절
세라복에 단발머리 소녀는
시집을 읽고 소설을 쓰는 문학 소녀였습니다.
백일장에서 상을 휩쓸고

많은 책들을 읽은 소녀에게
크면 한몫할 거라고 수군거렸습니다.

네 잎 클로버가 행운이라기에
악착같이 클로버 찾아 책에 누르고
교정의 성모상 앞에서
수녀원에 갈까 시집갈까 망설이다가
서울의 대학에 진학했지요.

짧았던 대학 시절
갈래 머리 땋은 촌뜨기 아가씨를 두고
같은 과 남학생들 내기했지요.
저 촌뜨기 아가씨와
한 시간만 데이트 하는 사람에게는
맛있는 점심을 사주겠다고…….

어쩌다가 얼떨결에 시집 와 보니
아! 이건 아닌데,
되돌아갈 수도 없고 무를 수도 없어
울며불며 이 길을 걸었습니다.

인자하신 우리 아버지

안쓰러워 등을 두드리며 말씀하셨네.
너 하나만 울면 네 새끼 둘 안 울고
네 남편 폐인 안 된다.

아버지! 당신이 하라시는 대로
나 하나만 울었습니다.
이제 황혼에 서서 생각해 보니
당신의 말씀이 옳았습니다.

괴테가 파우스트에서
마지막에 우리에게 소리쳤듯이
여성적인 것이 우리를 구원합니다.

아! 기특해

요안나야! 너 참 기특하구나
내가 너에게 노벨 평화상을 주고 싶어.
피눈물 나게 괴로웠던 시집살이
죽어라 살기 싫었던 결혼 생활
반짝이는 별을 바라보며 살아야 할까? 죽어야 할까?

매일매일 눈물을 삼키며 고민했지만
자식들 눈에서 눈물 흐르지 않도록
꾹 참고 살아온 지난날들이
이제 와서 생각해 보니 기특하기만 하네.

어떻게 참고 살아 왔을까?
아! 내가 착해서도 아니고
참을성이 많아서도 아니지요.
내가 짝지어 준 것을 너희들이 갈라놓아서는 안 된다.
우리 주님 이리 말씀하시며
등을 토닥이시며 위로해 주시고

다정하게 동행하여 주셨기에 가능했지요.
아! 우리 주님의 은혜와 사랑에
진심으로 감사드리네.

내 인생에서 가장 장하다고
박수치며 칭찬하고 싶은 일
가정을 깨뜨리지 않고 자식들 울리지 않은 것.
모든 것은 주님의 은혜입니다.

행복한 사람 1

진정으로 행복하다는 것은 어떤 것일까?
많은 재물과 명예와 권력을 지니고
남부러울 것이 없이 떵떵거리며 사는 것일까?

몸도 건강하고 아름다운 미모에 지성을 갖추어
남들에게 존경을 받으며 사는 것일까?
학문과 예술에 깊이 심취되어
이루고자 하는 것을 다 이루면
만족하며 행복할 수 있을까?

사랑하는 가족들과
알콩달콩 오손도손 즐겁게 살면
진정으로 행복할까?

그런 모든 것으로도 행복할 수 있겠지.
잠깐 동안은…….
티끌만큼도 부족함 없는 진정한 행복은

모든 욕심에서 해방되는 것.
지긋지긋한 미움에서 벗어나서
아무 구속 없이 마음이 텅 비어지는 것.

그 텅 빈 마음을 사랑과 감사로 채우고
용서와 연민으로 가득가득 채워 놓으면
우리 주님이 살짝 들어오시네.
그러면 진정으로 행복한 사람이 되지.

사랑의 빛

일평생 살아오면서
많은 빚을 지며 살았네.
죽음으로도 갚을 길 없는
내 주님의 은혜와 사랑.

낳아 주시고 길러 주셨으나
평생 걱정만 끼쳐 드리고
떠나보낸 부모님의 은혜.
가슴 쩌릿한 형제들의 사랑.

괴로워 울 때에
도움과 격려를 주었던 친구들의 배려.
내 눈물을 닦아주며
희망을 주었던 자식들의 위로.

아! 나는
일평생 사랑의 빚만 지고 살아 왔구나

언제나 이 모든 빚을 갚을 수가 있을까?
이제 기울어져 가는 황혼에
무엇으로 이 빚을 다 갚을 수 있으리?

그저 온 마음을 다하여
감사하고 또 감사하며
내 주님이 대신 갚아 주시라고
맡기는 길 뿐이리.

인생 2

지나온 그 많은 날들
참 만만치가 않았네
잠깐 행복했다가 기인 날 동안 너무도 괴로웠었지.

이제 나이가 들어
지나온 날들을 뒤돌아보니
어떻게 견디어 왔는지 지난날들이
너무도 신기하고 기특하기만 하네.

다시 또 그 길을 걸어야 한다면.
또 다시 눈물을 삼키며
아무 말 없이 그 고난의 길을 걸어갈 수 있을까?

지긋 지긋한 고통의 날들
우리 주님의 위로가 없었다면
그 따스한 품속에서 쉴 수가 없었더라면
버얼써 끝나 버렸을 나의 인생.

주님은 나의 희망이었고
내 생명을 지켜주는 버팀목이었으니
우리 주님께 진심으로 감사드리네.

라벤더 향기

보라색 꽃이 핀
라벤더 허브 화분이
내 방 성모상 옆에서
은은하게 향기를 풍기어
온 방 안에 잔잔하게 스며들고 있네.

잠자리에 누워
그 향기 맡아보며 생각해 보네
얼마 남지 않은 날 동안
악취는 제발 풍기지 말고

저 라벤더처럼
나도 향기 풍기는 인생을 살았으면…….
온유하고 겸손하며
순종하고 기쁘게 살아
내 주님만 닮아가며 살다가

그 향기 내 영혼에 스며들어
먼 훗날 주님이 오너라 부르시어
사랑하는 님 만나러 가서
그 향기 선물로 드릴 수 있었으면…….

황혼

늙는다는 것은 참 좋은 것이다.
불끈불끈 솟아오르던 욕심과
욕망을 다 내던져 버리고
겹겹이 쌓여 있던 미움과 원망을
한 겹씩 다 벗겨 버리고
아스라이 보이는 종착역을 바라보면서
한가로이 거닐 수 있어 너무도 좋다.

따스한 봄날
연둣빛으로 솟아나는 새싹들도
황홀하게 아름답지만
서늘한 이 가을 황혼에
핏빛으로 빠알갛게 시들어가는 단풍잎도
가슴이 시리도록 아름다워라.

이 황혼은 시들어가는 우리에게
주님이 주신 가장 멋진 선물이어라.

가장 영화롭게 살았던 솔로몬도 한탄했었지.
헛되고 헛되고 헛되도다.
해 아래 있는 모든 것이 다 헛되도다.

여보시오. 내 말을 들어보시오
여호와와 함께 한 나의 인생은
별처럼 보석처럼 반짝인다오.

뒷산에서

자식들아!
내가 죽거들랑 비싼 수의 입히지 말고
내 옷 중에 깨끗한 옷 한 벌 입혀서
대학 병원에 기증해 다오.

너희들이 살아야 할 땅에
떡 버티고 누워 있는 염치없는 사람이 되고 싶지 않고
조그마한 단지 속에 갇혀 있게 되면 얼마나 답답하겠느
냐?
이제 나는 너희에게 아무것도 줄 것 없으니
죽은 몸이라도 너희 위해 쓰고 싶구나.
몇 년 후에 돌려주거든 우리 집 뒷산에 묻어 다오.

흙에서 왔으니 흙으로 돌아가야지.
소곤소곤 이슬비 내리면
상수리나무 소나무에 스며들어서
그 나무 크고 번성하게 하리.

너희들이 다정하게 손잡고 오면
나는 살랑살랑 바람 일으켜
우리 딸 이마의 땀 닦아 줘야지.

도란도란 얘기하는 너희 옆에서
서울의 막내 소식도 듣고
군대가 있을 내 새끼 소식 듣겠지.
아! 그때 뒷산에서
우리 자주 자주 만나자구나.

파묘(破墓)

시민 공원으로 만들겠으니
어서 파묘해 가라는 시(市)의 통보가 있어
우리 자매들이 우리 집에 모였다.

서울 언니와 막내와 나 셋이서 산에 오른다.
언니와 막내는 평생 희생만 하시고 돌아가신
어머니 이야기를 하면서 산에 오르고
나는 따스했던 아버지를 추억하며 산에 오른다.

구슬땀을 흘리시며 아저씨가 관 뚜껑을 열자
드러나는 처참한 모습.
다행이 땅이 좋아서 육탈이 잘 됐다는데
다정했던 부모님의 모습을 온데간데없고
앙상한 뼈 몇 조각 덩그러니 놓여 있을 뿐.

주섬주섬 모아 박스에 담아 산을 내려오는데
슬픔보다는 허무함에 가슴이 저리다.

임종한 즉시 하느님 품에 안기셨으리라 굳게 믿는 우리
들이지만
한줌 흙으로 돌아간 부모님의 유골을 보니
우리 하느님이 흙으로 사람을 창조하셔서
다시 흙으로 돌아가는구나 실감이 된다.

우리에게 믿음이 없었다면 얼마나 애통해 할 것인가?
무엇 때문에 아웅다웅하는가?
끝내 이렇게 한줌 흙이 될 것을……

석류와 해바라기처럼

혹시 사랑하는 그리운 님이 오실까봐 기다리며
온 밤을 하얗게 애태우며 세운 석류.
날이 밝아 해님이 중천에 떠오르자
그리움을 이기지 못하여 석류의 가슴이 탁 터졌네.
그리움이 뭉쳐 알알이 빠알갛게 박혀 있구나.
일편단심. 석류야! 니 가슴이 터지도록 님이 그리도 그
리웠더냐?

동그란 얼굴을 한 노오란 해바라기.
하루 종일 사랑하는 님만을 바라보려고
님이 계신 곳을 향하여 얼굴을 돌리네.
님이 보고파 자꾸 발돋움하여 훌쩍 키가 커 버린 해바
라기.

그리워 그리워하다가
그리움이 뭉치어 까아만 씨가 되어
온 얼굴에 박혀버린 해바라기야!

님만을 바라보려 온종일 고개를 뒤틀고
까아만 씨가 될 만큼 그리도 너는 님이 좋았더냐?

아! 나도 석류처럼 해바라기처럼
우리 주님을 사랑하고 그리워하다가
석류처럼 가슴이 터지고
해바라기처럼 그리움이 씨가 되었으면…….

친구야!

생명처럼 사랑하는 내 친구가
병으로 사경을 헤매고 있을 때에
나는 무릎 꿇고 내 주님께 기도하였네.
주님! 내 남은 날들이 얼마나 되나요?

나의 남은 날들의 반을
사랑하는 내 친구에게 주시어
똑같이 살다 가게 하소서.

그 친구의 사랑하는 아들이 죽어
비틀거리며 통곡할 때에
내 아들 하나를 주고 싶었다.

너무도 불행하고 애처로워서
사랑할 수밖에 없는 내 친구야!
너를 생각하면 가슴이 멍들게 아프며 녹아내리는데

친구야! 이제 주님께 나아갔으니
모든 슬픔을 모두 주님께 맡기렴.
이 세상의 주인이신 주님이
드디어 사랑하는 내 딸 왔구나 하시며
너를 꼭 안아 주시려니

사랑하는 친구야!
이제부터는 부디 슬퍼하지 말고
기쁘고 행복하게 살기를…….

벗에게

사랑하는 내 친구야!

너만 생각하면 내 가슴이 싸아 하고 아파 온단다.

썰물이 싸악 빠져 버린 텅 빈 모래사장처럼,

와자지껄 떠들던 웃음소리가 뚝 끊긴 초등학교의 썰렁
한 운동장처럼

쓸쓸하고 애처롭고 한없이 안쓰러운 사람.

눈물이 핑 돌게 너무도 가엾은 내 친구야!

어찌 너는 그리 불행하기만 할까?

너무 지쳐 축 처진 너의 어깨. 비틀거리는 네 발걸음에

내 가슴까지 퍼렇게 멍들어 가는데

내 친구야! 아무것도 서러워 말고

내 어깨에 기대어 보렴. 진정 너를 사랑하는 나에게…….

이제 눈물을 거두렴. 가장 사랑했던 아들이 떠나간 애통
함도

자식들에게 느끼는 배신감도 한낱 꿈이라고 생각하렴.

내 옆에서 힘없이 잠들어 있는 너를 바라보며
내 주님께 기도해 본다.
너무도 착한 이 사람.
초라하고 작아서 차마 사랑하지 않을 수가 없는 이 사람.

내가 사랑하지 않으면 물거품처럼 꺼져 버릴 것 같은
자그마한 비눗방울같이 가엾은 이 사람을
사랑의 내 주님과 내가 끝없이 사랑하여
꺼져 버리지 않도록
지켜주셔야 하지 않겠어요?

3부

세상과의 동행

우리가 어렸을 적에

옛날 우리가 어렸을 적에 자식 많은 엄마는
커다란 둥근 밥상에 밥을 차려 주셨지.
모든 것이 귀한 때이어서 가난한 엄마는
김을 썰어서 몇 장씩 나누어 주시고
튀긴 생선을 한 토막씩 나누어 주셨는데

옆에 있는 언니 생선 토막이 조금 더 큰 것 같고
아무래도 김이 한 장쯤 더 많은 것 같고
소고깃국에 건더기도 더 많은 것 같아 살짝 빈정 사납고

언니들은 무서운 기율 반장들이고
무엇인가 잃어버린 날에는 엄마한테 혼날까봐
대문 틈으로 집 안을 훔쳐보며 차마 들어가기 겁났었는데

요즈음 엄마들은 자식이라고 겨우 하나 둘 낳아
바람 불면 날아 갈까봐 품 안에 꼬옥 껴안고
금이야 옥이야 귀하다고 야단들이니 여간 비위가 상하

는 게 아니다.

엄마들아! 예의범절도 안 가르치고
사람 살아가는 도리도 안 가르치며 공부만 잘하면 최고
라고
왕 같이 떠받들고 키우니 너희 자식들을 괴물로 키우려
느냐?
자기만 알고 남을 조금치도 배려할 줄 모르는 괴물들만
바글거리는 세상,

너희 자식들이 자라서 그런 세상에서 살 것을 생각만 해도
아! 두렵고 무서워 치가 떨리네.
엄마들아! 자식들을 많이 낳거라.
그리고 인간답게 잘 키워라. 그래야 우리에게 희망이 있지.

하늘나라

하늘나라에 가고픈 사람은
그 나라의 임금님과 약혼했다는 증서가 꼭 있어야 합니다.
임금님이 예물로 보내주신 믿음이란 보석 반지를 끼고
사랑이란 목걸이를 하고 순종이란 예쁜 구두를 신어야
합니다.

새하얀 드레스의 이름은 겸손이구요.
회개란 면사포는 꼭 쓰셔야 해요.
순결이란 부케도 꼭 들고 있어야 합니다.

우리 임금님이 배고프고 목말라 당신을 찾아 왔을 때
먹을 것과 마실 것을 드리셨나요?
가장 작은 자에게 해 준 것이 우리 임금님께 해 드린 것
이라고
임금님이 우기시거든요.
그 나라는 등잔에 기름을 준비한 사람
하느님과 이웃을 사랑한 사람

가난한 과부와 고아에게 자선을 베풀어 준 사람
원수까지 용서하고 사랑한 사람
임금님이 맡긴 돈을 배로 늘려 돌려 드리는 충성된 종

마음이 가난하고 깨끗한 사람
세상에서 빛과 소금으로 살아 이 세상을 살린 사람들이
당당하게 들어갈 수 있는
영원히 아름답고 행복한 나라.
그곳이 우리들이 가고픈 하느님 나라랍니다.

퍼주며 살다가 가겠수

쨍하니 햇빛이 쏟아지기에
항아리 뚜껑들을 연다.
그득그득 담겨 있는 된장
빠알갛게 윤이 나는 고추장.

아! 보기도 좋네.
어서 어서 맛있게 익어라. 너희들이 맛있게 익으면
너희들을 꼭 필요로 하는 사람들과 맛있게 나누어 먹어
야지.
그 생각을 하니 기쁘고 신이 나서 빙글거리네.

몇 년 전에 세상을 떠난 애들 아빠는
퍼주기 좋아하는 나와 살아서
살림이 늘지 못했다고 불평하다 가버렸고
이쁜 우리 큰며느리는
우리 어머니 해도 너무하셔
말도 못하고 속으로 투덜거릴지 모르겠다만

여보시오들! 우리 주님이 말씀하셨지요.
주어라. 누르고 흔들어 되갚아 주마.
설령 안 갚아 주신다 해도
우리 주님이 기뻐하시는 일이니
이 생명 다하는 날까지
퍼주며 살다가 가겠수.

고통하는 그대에게

괴로워 울고 있는 그대여!
예전에 나도 그랬답니다.
아무리 둘러보아도 사면초가, 뛰쳐나갈 출구가 없었습
니다.

왜 나냐고 아무리 소리치며 울어도
너무한다고 방방 뛰며 악을 쓰고 따져 봐도
주님은 아무 대답도 안 하셨습니다.

주님의 긴 침묵은 너무나도 답답하고 슬퍼서
죽는 것이 낫겠다는 절망을 안겨 주었습니다.
이를 악물고 꾹 참고 있으면 세월은 하염없이 흘러갑니다.
우리의 절망과 고통도 끝이 날 때가 있습니다.

우리가 너무도 인내하지 못했기에
더욱 괴롭고 비참했던 것입니다.
우리를 강하게 연단하시고서 우리를 쓰시니

긴 고통의 터널을 지나고 나서야
우리의 영적 키는 훌쩍 커져 있을 것입니다.
우리도 깜짝 놀랄 만큼.

아! 이래서
고통은 너무도 큰 축복입니다.
주님을 만나 성장할 수 있는 기회입니다.

이별

일 년 만에 또 수술해야 한다고 연락이 왔다.
만 사 년 동안에 일곱 번째다.
어찌나 맥이 빠지는지 밖에서 마음을 진정하고
방에 들어와 보니 남편이 울었는지 눈이 부석부석하다

내가 반지 하나 사 줄까? 남편의 말에
고개를 살래살래 흔든다.
다이아몬드도 금반지도 진주 반지도
길가의 한 덩이 개똥처럼
나에게는 아무런 가치가 없다.

그럼 백화점에서 좋은 옷 하나 사 줄까?
또 고개를 흔든다.
내가 비싼 옷을 입으면 아마 두드러기가 날 거다.

그럼 무엇이 가지고 싶어? 마지막으로 해 줄게.
무엇이 가지고 싶은지 생각해 본다.

티끌만큼도 가지고 싶은 것이 없다.

당신은 내 맘을 몰라.
나에게 딱 한 가지 소원이 있지.

제발 절망하지 말고
천국에 대한 소망과 믿음으로
우리 웃으면서 아름답게 이별을 하자.

비워서 얻는 행복

채워서 얻는 행복은
진정한 행복이 아니네.
채워지면 더 큰 것이 갖고 싶어서
한 귀퉁이가 무너져 내리니
채워서 얻으려 하는 행복은 진정한 행복이 아니어라.

비워서 얻는 행복은 진정한 행복이어라.
욕심도 욕망도 다 내던져 버리면
그 빈자리에 기쁨과 평화가,
감사와 만족이 소리 없이 채워지네.

가난한 자는 복이 있나니
하느님의 나라가 그들의 것이라 했으니
다 비워 버리고 가난해져서
주님의 나라가 임하게 하자.

다 비워 버리면 얼마나 홀가분한가

얼마나 영혼이 맑아지는가
비우면 주님과 사랑을 주고받을 수가 있으니
채워서 행복하려 말고
다 비우고 행복해지자.

푼수

어릴 적부터 나는 엄마에게
감시당하는 딸이었네.
엄마가 교회에 가시거나 볼일 보러 나가 안 계실 때
초라한 손님들이 오시면

뒤주에서 쌀을 한 바가지씩 퍼주거나
엄마가 아끼시는 떡가래를 넣어
떡국을 한 냄비씩 끓여 먹여 보내기 때문이었지.

그때에는 모든 것이 귀할 때여서
골치 아픈 딸을 못 말리시고 나 혼자 두고는 외출도 안
하시려 했네.
여학교 다닐 때 한 시간을 걸어 학교에 가면
점심시간에 눈앞이 흐리도록 배가 고팠다.

가난하여 도시락을 못 싸 온 친구와 도시락을 나누어
먹고

저녁에 또 한 시간을 걸어
초죽음이 되어 돌아온 나에게
그렇게도 몸이 약해서 어떡허니?
혀를 차며 어머니는 늘상 걱정하셨네.

나중에야 모든 걸 아시고 도시락을 두 개씩 싸주시며
도대체 너는 누구를 닮아 그렇게도 푼수냐?
아! 내가 누굴 닮아 푼수지?
아기 낳고 굶고 있는 이웃 아줌마에게
쌀 한 자루 이어다 주고 장작 한 다발 안아다 주는
착한 우리 엄마 닮아 나도 푼수지.

자식의 은혜

그 누가 말했던가
어버이의 은혜가 가이없다고
어버이의 은혜만 가이없을까?
자식의 은혜도 한이 없는데…….

배 속에서 네가 꼼지락거릴 때
내 가슴은 신기하여 두근거렸고
엄마! 처음으로 더듬더듬 나를 불렀을 때
나는 너무 기뻐 눈물이 났었지.

괴롭고 짜증나서 살기 싫을 때
배시시 웃는 네 미소에서 새 힘을 얻고
입술을 깨물며 꾸렸던 보따리를
너희 얼굴이 밟히어 살며시 풀어 놓았네.

너희로 해서 기뻤던 날들.
너희 때문에 신났던 일들.

아! 너희들이 없었다면
어찌 내가 숨 쉬며 살 수 있었을까?

자식들아!
너희들을 위하여 애써 온 내 인생이
너희로 해서 원 없이 위로받았으니
너희와 나는 완전히 비겼다.
쌤쌤이다.

현명한 선택

엄마들아! 제발 이혼하지 말아라.
우리 하늘 아버지께서 짝지어 주신 것을
사람이 갈라놓아서는 안 된다고 말씀하셨단다.
아무리 애를 먹이고 눈물 나게 고생시켜도
웬수처럼 이가 갈려도 입술을 꼭 깨물고 참고 또 참자.

너희 새끼들, 그 이쁜 것들이 너희를 선택했느냐?
아무 죄 없는 새끼들 가슴에 멍들게 하고
눈물이 마를 새가 없게 흐르게 하는
엄마가 무슨 엄마일 수 있단 말이냐?

엄마들아! 너희들만 몰래 울고
새끼들을 활짝 웃게 해 주어야지.
열 달이나 배 속에 품어 키우고 말 못할 해산의 고통을
겪고 낳은 새끼들이니 그들을 행복하게 해 줘야 할 의
무가 있지.

엄마들아! 참고 살면 먼 훗날에 꼭 보답이 있으리니
자식들이 보답을 못해 주거든
하늘 아버지라도 꼭 보답해 주시고 칭찬해 주시리니
엄마들아! 가정을 깨트리지 말고
제발 새끼들을 울리지 말자.

이것이 우리의 가정을 살리고
우리의 나라를 살리고
아버지의 나라를 이 땅에 세우는 일이니
가장 현명한 선택이 아니겠느냐?

태안 바닷가에서

남편에게 손자를 부탁하고
새벽 여섯 시에 집을 나선다.
네 시간을 달려 도착한 태안 바닷가
만 이천여 톤의 원유가 쏟아진 죽음의 바다.

아스팔트를 녹여 바위들을 버무려 놓은 듯
새카맣게 원유로 절여진 돌들.
이 돌들을 걸레로 하나씩 닦아내는 것이
오늘 우리들이 해야 할 일이다.

비탈진 바위에 걸터앉아 돌들을 닦으며
속에서 솟아나는 비통함을 참을 수가 없다.
잘 살아라 하고 아름다운 이 자연을 만들어 주셨건만
아! 주님 너무도 죄송합니다.

이곳에서 조개를 캐고 새우를 잡아
자식들과 따뜻한 밥을 먹었던 당신들을 어찌할 거나?

이 바다에서 떼 지어 놀던 조기야 갈치야 미안하구나.
갈매기도 오랫동안 이곳에 오지 않겠지?

돌아오는 차 속에서
피곤한 몸을 유리창에 기대며 생각해 본다.
아! 우리들의 후손들이 어찌 살 건가?

오염된 공기를 마셔야 하고
더럽혀진 물을 마셔야만 하는
불쌍한 너희들을 어찌할 거나?

땅 밑은 온통 쓰레기가 매장되어 있고
온난화로 미친 듯이 지구가 비틀거릴 텐데
아! 불쌍한 우리 새끼들.

청설모

산에 오르자면 힘이 들어
잘려진 나무 밑동에 앉아 쉰다.
그때면 청설모 두 마리가 쪼로로 달려와
내 눈치를 슬슬 보면서
주위를 빙빙 돌곤 하네.

사람들이 과자를 던져 주고 했더니
누가 앉기만 하면 무엇을 줄까 해서
눈치를 보며 주위를 도는가 보다.

애들아! 정말 미안하구나.
무정한 인간이 너희들이 먹어야 할 도토리와 밤들을
모조리 훑어가 너희들이 먹어야 할 양식이 부족하더냐?
혹시 뭔가를 먹을 수 있을까 주위를 돌고 있는 것이
안쓰럽기도 하고 빈손인 것이 미안하기도 하다.

내일은 과자를 가져와서 꼭 던져 줘야지.

마음 다지며 돌아오지만 날이 새어 아침이 오면
까맣게 잊어버리고 또 산에 오른다.

왜 이리 잊어버리느냐고 내 자신을 탓하여 보지만
속 모르는 저 청설모는 아이 얄미워
저 할머니 어쩌면 저렇게도 짠돌이일까?
자기만 배불리 먹고 나눌 지도 몰라
저희끼리 속닥이며 흉보는 것 같아
얼굴이 빠알개져 산을 내려오네.

제비야!

가난한 흥부에게 박씨를 물어다 주어
하얀 쌀밥에 괴기를 배불리 먹게 해준
고마운 제비야!

우리 집 처마 밑에 열심히 집을 짓고
새끼들에게 먹이를 물어다 키워 주던
예쁜 제비들아!

너희들은 지금 다 어디로 갔니?
너희들을 만나본 지가 까마득한 옛날이 되었으니…….
얘들아! 우리의 땅이 너희들이 살기에
그렇게도 살벌하고 지긋지긋하게 무서운 곳이었더냐?

메뚜기도 없어지고
너희들도 다 가버리고
빠알간 고추잠자리조차도 잘 보이지 않으니
아! 우리들은 어찌할 꺼나?

예쁜 제비야! 돌아와 줘.
메뚜기야, 돌아와 다오.
잠자리야, 참새야 부디 떠나가지 마.

우리 새끼들이 이쁜 너희들을 한 번도 볼 수 없다면
아! 얼마나 불쌍한가?
너희들이 다 떠나가 버리면 우리들도 살 수 없을 텐데
다들 돌아오너라.
불쌍한 우리 새끼들을 위하여…….

제비와 바람에게

북한의 형제들이 굶어 죽어 간단다.
우리가 도와주어야 할 텐데 꿈쩍들도 않네.
하도 답답하여 제비와 바람에게 부탁해 본다.

놀부만 사는 이 땅이 치사하여
돌아오지 않는 제비야!
저 북쪽에 죽어가는 흥부들이 많이 있단다.
박씨를 물어다가 하나씩 떨어뜨려 주렴.

배불리 먹는 높은 양반네들 집은 그냥 지나치고
배고파 앙앙 울어대는 아기에게
빈 젖을 물리고 하염없이 울고 있는
저 불쌍한 엄마네 집에 하나 떨어뜨리려.

아기가 열이 사십 도가 넘는데도
돈이 없어 병원에 못가고 발만 동동 구르는
애처로운 아빠네 집 마당에도

아무도 몰래 하나 떨어뜨려 줘야지.

바람아! 너는 뭐하고 있니?
어서 어서 저 배불뚝이 사장님과
대머리 장관님 쌀통의 쌀도,
먹다먹다 다 못 먹어 냉장고에서
잠자고 있는 고기와 과일을,
휙 다 날려 북녘 땅에 비처럼 뿌리어 주렴.

내 입 하나라도 줄여 동생들 살리려고
보따리 싸고 있는 누나네 집에
흰 눈처럼 소복이 쌀을 쏟아 주거라.

여보! 오늘이 당신 생일인데
나물죽뿐이네요. 미안해요.
밥상 위로 뚝뚝 눈물 흘리는
어여쁜 새댁네 툇마루에
소고기와 미역을 살짝 내려놓아라.

「어메야! 괴기국에 쌀밥을 먹다니
이게 꿈이에요? 생시에요?」
좋아 날뛰는 새끼들에게

「애들아! 하늘님이
우리들 살리려고 주셨나보다.
아이고 고마우셔라.」

이 말들이 북녘 땅에 울려 퍼지는
그날이 어서 왔으면…….

행복한 사람 2

참으로 행복한 사람은
일상의 소소한 것에서도 기쁨을 건져내는 사람입니다.
우리가 왜 살아야 하는지
살아야 할 의미와 목적이 무엇인지 알고 있는 사람.
이 사람이 참으로 행복한 사람이 아닐까요?

내 가정에서 가장 낮은 사람이 되어
사랑하는 식구들의 발을
정성들여 말없이 씻어 주는 사람.
그들에게 사랑을 담뿍 담아
따뜻한 음식을 대접해 주는 사람.

성당에서고 동네에서도
따뜻하고 아름다운 미소로
포근하게 남들을 감싸주는 사람.
절망하는 사람에게 위로의 말로 힘을 주는 사람.
배고파 죽어가는 먼 나라 어린 것들을 살려야 한다고

자기는 한 푼도 쓰지 않고 모아
아낌없이 다 내어놓는 사람.

그리하여 우리 주님.
너는 어쩌면 그리도 나를 닮았느냐? 하시며
기뻐 웃으시게 하는 사람.
이렇게 가치 있는 인생을 사는 사람이
참으로 행복한 사람이 아닐까요?

4부

주님과의 동행

고통

고통은 축복으로 가는 통로입니다.
아무리 둘러보아도 뛰쳐나갈 출구가 없는
한줄기 빛도 보이지 않는 암흑 속에서
금방 죽을 것만 같은 괴로움.

그때 하도 못 견디어 우리의 주인이신 분께
아예 죽이라고 악을 쓰며 삿대질을 해도
그분은 한 마디도 안 하십니다.

울고 또 울어도 해결이 안 되는 그때에
그분과 씨름을 시작하십시오.
얍복 강가에서 환두뼈가 어그러질 때까지
씨름했던 야곱과 같이……

고통은 당신을 바라보시며
사랑해 다오 하시는 우리 주님의 싸인입니다.
얼른 알아차리고 그분과 화해를 하고

사랑의 계약을 맺으면 고통은 끝이 납니다.

일평생 편안하고 행복하기만 한 사람은
우리 주님과 아무런 관계가 없는 사람입니다.
그분은 고통이란 긴 터널을 지나고 나서야 만날 수 있
는 분이기 때문입니다.

견디기 어려운 고통이 오면 감사하고 기뻐하십시오.
통곡하며 아파하는 그때에 당신이 손을 내밀기만 하면
주님이 우리를 안아 주시려 달려오시기 때문입니다.

내 님이시오니까?

텅 빈 방, 이리 뒹굴 저리 뒹굴거리는데
창 밖에서는 바람 소리가 거세고
후두둑 후두둑 굵은 빗방울 소리가 들리네.

조용히 귀를 기울여 보니
똑똑똑 창문을 두드리는 소리.
아! 이렇게도 외로운 밤에 누가 나를 찾아 오셨나?

평생 그렇게도 만나 뵙고 싶었고
꿈에라도 만나 뵙기를 소원 했으나
한 번도 뵙지 못했던 님이
이 쓸쓸한 밤에 드디어 나를 찾아 오셨군요.

반가워 벌떡 일어나 창문을 열어보니
쏴아 빗줄기가 나를 덮치네.
아! 바람 소리였나 봐.

다시 누워 뒹굴거리는데
가슴 저 밑에서 들려오는 세미한 소리.
애야! 나는 네 안에 있거늘
어찌 밖에서 나를 찾느냐?

아! 내 안에 계셨던
사랑하는 내 님이시오니까?

행복한 동행

일평생 사는 동안
주님이 나와 함께 동행하심을 깨닫지 못하고
모든 괴로움을 내가 해결하겠다고
많이도 울면서 살았네.

나이가 들어 생각해 보니
주님은 한 번도 내 곁을 떠나신 적 없고
나 혼자 버려둔 적 없으셨네.

내가 평안하여 기뻐할 때는
다정하게 내 손 꼬옥 잡고 동행하셨고
괴로워 못 견디어 울부짖을 때엔
나를 업고 어르고 달래면서 걸어 주셨지.

파도에 휩쓸려 떠내려 갈 때
품에 꼭 안고 그 강을 건너 주셨어.

아! 고마우셔라. 주님의 사랑.
너무도 감사하여 뜨거운 눈물 맺히네.
주님이 언제나 나와 함께 동행하심을
일찍이 알아챘다면
서럽게 울면서 살지는 않았을 것을…….

아! 갚을 길 없는 주님의 은혜
너무도 감사하신 주님의 사랑.
그 무엇으로도 나는 갚지 못하리.

축복

하루하루 세월이 쌓여 갈수록
하염없이 늙어만 가네.
이제 주님 만나러 갈 날도 자꾸 가까워지네.

저 찬란한 봄.
아름다운 수많은 꽃들에 감탄하여
눈길을 돌리지 못하는 그 봄이
몇 번이나 가야 끝이 올까?

황홀하기만 한 가을날.
아름답게 물든 단풍나무 밑에서
가슴 저려 감탄하는 그 가을이
몇 번이나 지나가야
사랑하는 주님을 만나러 갈 수 있을까?

모든 것이 끝나 두 손 탈탈 털고
새하얀 새 옷을 입고

사랑하는 내 님을 만나러 가면

평생을 그리워하였던 님이
나를 맞아주시려 기다리시다가
잘 왔다. 참 애썼구나 하시며 안아주시리라
굳게굳게 믿고 있기에

세월이 흘러가 이렇게 늙어가는 것이
가슴이 미어지게 슬프지 않고
주님이 주신 큰 축복이구나 생각합니다.

칠순이 돌아오네

곧 칠순이 돌아오나 보다.
이제 인생을 조금은 알 것 같은 나이
그 오랜 시간
주님의 은혜와 사랑 속에서
너무도 잘 살아 왔네

아무것도 이루어 놓은 것은 없어도
그 많은 시간 동안
지켜 주시고 동행해 주신
내 주님의 사랑과 은혜에 감사하여라.

부족하나마 이제까지 살아 온 기념으로
시집이나 한권 내고
자식들이 축하한다고 돈이라도 주면
내 평생소원인 저 머언 나라의
굶어 죽어가는 아이들에게
따스한 점심이라도 먹일 수 있었으면……

이제 남은 세월은 진짜 보너스이네.
주님을 더욱 사랑하고
주님이 원하시는 삶을 살다가

요안나야! 이제 그만 오너라.
내 주님이 나를 불러 가시는 그날까지
더욱 아름답고 가치 있게 살기를…….

아! 주님의 은혜

고통이 밀물처럼 끝없이 밀려왔네.
거세게 밀려오는 파도에 맞아 혼미한 정신을 차리기도
전에
더 큰 파도가 밀려와서 어찌할지 몰라
당황하며 살아 온 괴로웠던 날들.

고통에서 벗어나려 몸부림치면
더 깊은 수렁으로 빠져들어가니
아! 도대체 나는 왜 이럴까?
남들 보기도 부끄럽고 민망스러운데…….

우리 하늘 아버지. 숨 쉴 틈도 주지 않고
왜 이렇게 괴롭게 닦달하시는가?
시어머니께서 임파선 암으로 고통하실 때
갓난 손자를 업고 삼복더위에
간호하느라 진땀 흘리다
후유 한숨 쉬고 끝이 나니

팔 개월 만에 남편이 간암으로 쓰러졌네.

팔 년을 고생하다 떠나고 난 후

일 개월만에 사랑하는 큰며느리가 암이라는 진단이 내려졌을 때

구름 위를 둥둥 떠다니듯 아무런 정신이 없었다.

아들의 사업은 구제 금융 뒤 끝에 거덜이 나서

빚은 눈덩이처럼 커져만 가고…….

아! 살아야 하나? 죽어야 하나?

해도 해도 너무하네.

울어도 보고 원망도 하고 기도도 해 보았지만

주님은 아무런 대답도 아니하셨네.

주님까지 내 손을 놓아 버리시면

정말 끝장난다 싶어서

주님 손을 더욱 더 꼭 잡을 수밖에 없었습니다.

세월이 흘러 고통도 끝이 나고

지난날들을 뒤돌아보니

모든 것은 주님의 은혜이며 사랑이었네.

그 뼈아픈 고통까지도…….

주님이 내 손잡고 동행하셨고

너무 괴로워 한없이 울고 있으면
날 업어 고통의 늪을 건너 주셨으니
아! 내 주님이 아니 계셨더라면
나는 어찌할 뻔했던가?

세월

꽃다운 스물다섯에 시집을 와서
내 나이 일흔다섯.
오십 년이란 세월이 흘렀습니다.

진달래와 개나리가
찬란한 봄마다 쉰 번 피고
은행잎과 단풍잎이
서늘한 가을에 쉰 번이나 시들었습니다.

청춘 홀어머니의 지독한 시집살이,
철없는 남편의 기막힌 투정.
아! 나는
정말 살기 싫었습니다.

어린 두 아들에게 짜장면을 먹이면서
살아야 할까? 그만 두어야 할까?
속으로 궁리하며 망설이다가

밤이면 베갯잇이 다 젖도록
서러워서 울면서 말했습니다.
열흘이 하루처럼 빨리 흘러라.

이제 머리에 하이얀 서리가 내리고
얼굴에 잔주름이 수를 놓아서
소원하던 대로 늙었습니다.

이제 와서 가만히 생각해 보니
지난날의 나의 고통은
사랑하는 내 주님이 홀로 지기 버거워
같이 지자 내게 맡긴 십자가였습니다.

나는 사랑하는 주님 위하여
아무런 일도 하지 못했습니다.
머언 훗날
주님이 나를 부르시는 날

지난 세월을 보자기에 고이 싸서
이것뿐이 드릴 것이 없사옵니다 하며
사랑하는 내 주님께 드리면

요안나야! 애썼다.
내 주님이 칭찬해 주실까?

십자가

아침에 눈을 뜨며 속삭이네.
요안나야!
오늘 너는 잘 죽어라.
네가 죽어야 주님이 살 수 있단다.

병든 남편의 뒷바라지가 귀찮아질 때
며느리 위해 빨래하고 밥 짓기가 지긋지긋할 때
손자의 투정에 울고 싶고 답답할 때
그때마다 너는 잘 죽어야 한다.

하루를 마감하고 잠자리에 누워
오늘 잘 죽었었나 생각해 본다.
아! 나는 오늘
반절뿐이 못 죽었구나.

설 삶아진 고구마처럼
덜 절여져 되살아난 배춧잎처럼

오늘도 남편에게 말대답하고
땡강 놓는 손자의 엉덩이를 손으로 때려
주님 얼굴에 먹칠을 했으니
언제나 잘 죽어 주님 살릴까?

연어처럼

깊은 바다에서 행복하게 살아가면서도
연어는 고향을 잊은 적이 없었습니다.
연어가 태어난 고향.
갓난쟁이 때 헤엄쳐 다니며 놀던
꿈에도 잊지 못하는 그 강.

수초 속으로 헤엄쳐 다니며 동무들과 숨바꼭질하고
밤마다 별들과 소곤소곤 이야기를 나누던
아! 꿈에도 잊지 못할 그리운 내 고향.
그곳으로 돌아가고 싶어, 그곳에 돌아가서
알들을 까고 평안하게 마지막 잠을 자고 싶어.

연어는 길을 떠나 고향으로 돌아갑니다.
바다를 거스르고 폭포를 기어오르며
생명 걸고 기를 쓰며 헤엄쳐
그리운 고향으로 돌아왔습니다.

아! 꿈에도 잊지 못하던 이곳.

알을 까고 엄마 품 같은 이 강에서 연어는 영원한 안식
에 들어갑니다.

아! 연어. 우리도 연어처럼 우리의 고향으로 달려가야
합니다.

땀 흘리시며 진흙을 빚어 우리를 창조하신

우리의 고향 아버지의 품으로.

태산을 만나고 강에 휩쓸려 상처가 나도

아! 우리는 돌아가야 합니다.

연어처럼 우리의 본향으로…….

연극

인생이란 무대에서 기인 날 동안
연기를 하는 배우였습니다.
이 연극은 내가 주인공이었지요.
기뻐 소리치며 까르르 웃는 연기도 하였고
가슴을 쥐어뜯으며 통곡하는 연기도 하였습니다.
행복의 아리아도 불러 보았고 눈물의 비가도 불렀습니다.

찬란하고 아름다운 봄에도
시원한 소나기가 내리던 여름날에도
풍성한 가을날에도 죽음 같은 겨울에도
쉬지 않고 연기하다 보니 그 많은 날들이 흘렀습니다.
이제 조금은 지쳐서 무대에 홀로 서서
지난날들을 뒤돌아봅니다.

이제 곧 막이 내리게 될 텐데
이 무대를 준비해 주시며
'연기 잘 해야 돼.' 하시며 등을 토닥여 주시던 분이 내 긴 인생의 연기를 평가해 주실 것입니다.

니 연기가 참 아름다워서 내 마음에 흡족했어.
대만족이다 하시며 박수를 쳐 주실까?
아니 어딘가가 미흡해서
내가 좀 섭섭하구나.
이리 말씀하시며 서운해 하실까?

동행

지나온 내 인생을 뒤돌아보니
내 주님이 변함없이 내 손잡고 걸어 오셨네.
철없는 나는 계속 투덜거렸네.

비바람이 칠 때 비에 젖는다고 소리소리 지르면
우리 주님 소리 없이 우산이 되어 주셨고
강을 만나 헤엄 못 친다고 아우성치면
내 주님이 그 강에 엎디어 나를 밟고 가라 하셨네.
혹한의 추운 날 춥다고 발을 동동 구르면
당신의 옷을 벗어 나에게 입혀 주셨네.

아! 세월이 흘러 내가 늙어 조금 철이 들어
지난날을 돌이켜 보니
가슴 미어져 눈물이 흘러내리네.

우산 되어 주시고 우리 주님 얼마나 힘드셨을까?
다리 되어 밟고 갈 때 얼마나 아프셨을까?

혹한에 알몸 되어 얼마나 추우셨을까?

아! 주님 너무너무 죄송합니다.
내 주님의 사랑을 생각해 보니
참을 수 없이 감사의 눈물이 흘러내리네.

이제 내가 주님께 우산이 되고
십자가 같이 지는 자식이 되어
남은 세월도 주님 손잡고 동행해야겠는데

아직 철이 덜 든 철부지여서
끝까지 투덜거리며 걸어갈까 봐
아하! 정말 정말 걱정이 되네.

그날

늙어 간다는 것은
얼마나 큰 축복인가?

싱싱해 보이지만
시고 떫은 풋사과처럼
천방지축이었던 젊은 날들.

이제 와서 생각해 보니
이렇게 늙어 간다는 것은
창조주가 우리에게 주신
마지막 배려이어라.

미움도 사랑도 다 내려놓고
욕망도 욕심도 다 털어 버리니
훨훨 날 듯 가벼워지는 마음.
아! 정말 자유로워라.

빠알갛게 농익은 홍시처럼
잘 익혀진 나를 보고
아! 오늘은 너를 따야겠네 하시며

똑 따서
당신의 따스한 품에 안아주실 그날.
아! 그날이 언제 오려나?

황혼에 서서

스산한 바람이 품으로 파고드는 가을 오후에
풍요로운 들판에 서서 생각에 잠기어 보네.
빠알간 감들이 옹기종기 얼굴을 맞대고 숨바꼭질하고
노오란 벼들이 한가로이 춤을 추는데
아! 올 한해에도 너희들은 할 일들을 다 하였구나.

이제 하릴없이 하나 둘씩 낙엽이 떨어지기 전에
풍성한 열매들을 한아름씩 안겨 주리니
너희들은 하늘 아버지의 순리대로 살아 왔구나.
참 기특하고 예쁘기도 하네.

자 내 인생도 이제 가을이 되어
내 아버지 수확하자 곧 말씀하실 텐데
내 인생 나무에 어떤 열매가 맺혀 있으려나?

벌레 먹어 시들은 열매가 서너 개 맺혀 있을까?
시고 떫은 덜 익은 과일이 몇 개 달려 있을까?

아! 주님,
마지막 황혼빛을 비추어 주시어
시고 떫은 열매나마 익혀 주소서.

여든다섯 살

주님! 여든다섯 살입니다.
이제 십 년 남았습니다.
당신 만날 날을 기다리며 기쁘게 살다가
그때 당신을 만나러 가겠습니다.

너무 오래 날 기다리게 하지 마세요.
서운해 울다가 눈이 짓무르고
너무 기다리다 지쳐
당신이 누구냐고 헛소리 할까 두렵사오니
내가 뜨겁게 당신을 사랑하고
사랑하는 사람들과 아름답게 이별할 수 있는 그때
여든다섯에 어서 오라 내 이름 불러 주세요.

무엇을 가지고 당신을 만나러 갈까?
아무것도 한 것이 없어
아무것도 드릴 것이 없지만
당신을 사랑하여 뒤척였던 밤들과

당신의 사랑으로 행복했던
내 마음을 치마폭에 담고
빈손이 부끄러워 고개 숙인 채
살며시 당신께 가겠습니다.

축하의 나팔을

예전에 주님을 만나기 전에
죽음을 생각해 보면
두렵고 무섭고 가슴이 답답하였다
다른 사람은 다 거쳐 가도
제발 나에게만은 오지 말았으면…….

밀려드는 공포와 두려움에
가슴이 두근거리고 눈앞이 아득하였다.
그러나 지금 죽음을 생각해 보면
기쁘고 황홀해진다.

언제나 그 기쁜 날이 올 것인가?
최선을 다하여 인생을 마치고
사랑하는 사람들과 아름답게 감사의 인사를 마치고
깃털처럼 훨훨 날아 꿈에도 그리던 고향.
그리운 내 님의 품에 안길 수 있는 그날.

애썼다 머리 쓰다듬어 주시며

위로해 주시고 칭찬해 주실 사랑하는 님을 만날 수 있
는 날이니

아! 그날은 축복의 날.

내 인생 최고의 행운의 날.

눈물과 고통을 보상받고 영원한 행복을 보장받는 날이니

사랑하는 이들아! 빵빠레를 울리면 축하해 다오.

축하의 나팔을 불어주고 승리의 노래를 불러주오.

그날이 있기에 오늘 나에게 희망이 있고

어떠한 고통도 두렵지 않네.

소유권 이전

주님! 소유권 이전 등기하러 왔습니다.
이제까지 내 것이라고 억지 쓰던 것들을
주인이신 주님께 다 돌려 드리고
가뿐하고 홀가분하게 살겠습니다.

나를 돌려 드립니다.
가만히 생각해 보니
내 생명도 내 영혼도 내 것이 아니군요.
당신이 주인이시니 모든 것을 당신 뜻대로 하시옵소서.

다만 끝까지 믿음 지키고 당신만을 사랑하도록
너는 내 것이라고 내 심장에
도장 하나만은 꼭 찍어 주세요.
그 누구도 소유권을 주장하지 못하도록
확실한 증거를 남겨 주셔야지요.

내 자식들을 돌려 드립니다.

내가 너에게 맡기니 잘 키워 돌려 달라 하셨건만
내가 낳았다고 내가 키웠으니 내 자식이라고
악착같이 떼를 쓰며 가슴에 품고 살았습니다.

자 주님. 이 세상에서 가장 귀한 내 자식들
미련 없이 주님께 돌려 드리고
다시는 내 새끼라고 땡강 놓지 않겠사오니
당신이 쓰시고 싶은 도구로 써 주소서.

초라하지만 내 집을 주님께 돌려 드립니다.
이 집은 평생 애써 장만한
나의 단 하나의 재산입니다.
내가 아무리 애써 장만했어도
나는 당신의 청지기일 뿐입니다.
가난한 내 지갑 속의 몇 장의 만 원짜리 지폐도
당신이 필요하시다면 아! 모두 당신의 것이옵니다.

아! 나에게는 이제 아무것도 없네.
이제 내 소유권을 사랑하는 주님께
다 돌려 드리고 등기해 드렸으니
주님만 내 안에 모시어 사랑하면서
이제 가볍고 홀가분하게 살다 가고파.

닳아서 없어지리

존경하는 어떤 목사님이
당신은 주님 일하다가 닳아 없어지고 싶다 하셨다.
아! 나는 그 말에 가슴이 뭉클하였다.
옳지. 나도 닳아 없어져야지.

죽어 땅에 묻히면 벌레들이 쪼아 먹다 썩고
불에 활활 타다 한줌 흙이 될 육신.
이왕 이리 될 육신이라면 실컷 써먹고 닳아 없어져야지.
주렁주렁 보석으로 치장하고
황후처럼 호강한들 무슨 보람이 있으랴?

주님 일하다가 닳아 없어지면 원이 없겠지만
나는 그럴 형편이 못되니
내 집에서 원 없이 희생하다 닳아 없어져야지.

남편을 주님 같이 잘 섬기고
며느리를 주인으로 잘 섬기는 선한 종이 되리라.

우리 손자 잘 크도록 좋은 거름 되어
우리 집이 주님 향기 풍기는 천국이 되게 하자.

주여! 내가 닳아 없어지게 하소서
괴로운 일 어려운 일 다 내가 지게 하시고
골고다 언덕길 십자가 지고 올라가신 주님 뒤 따라가
남은 세월 불평 말고
닳고 닳아 없어지게 하소서.

시평

고통을 뛰어넘어 저 당당한 삶

이태영(전북대학교 국어국문학과)

전문적인 시인의 시는 많은 비유적인 수사법을 구사하고 있기 때문에 그 수사를 읽어내지 못한 사람들은 이해하기 어렵다. 그래서 요새 시는 난해하다고 말한다.

조정숙 시인의 시는 정말 쉽게 쓰여 있다. 자신과 가족 중심의 시이면서도 신앙을 주제로 하는 시이다. 이미 유인물로 배포되어 여러 사람들이 읽었다. 읽은 사람마다 감동을 받고 찬사를 보냈다고 들었다. 왜 평범하고 나이가 지긋한 조정숙 시인의 시를 미리 읽은 평범한 독자들이 열광했을까? 너무 쉽고, 낭만적이고, 통쾌하고, 자유롭다. 곳곳에서 발견하는 예리한 문학적 감성과 표현이 독자를 즐겁게 했기 때문이었을 것이다.

이 시가 재미있는 또 다른 이유는 시 속에 구어체적 이야기 구조가 존재한다. 시인의 체험이 내가 겪은 이야기처럼 전개된다. 이 재미있는 이야기가 신앙과 만나 현실을 뛰어넘는다. 이 시를 읽다보면 낭만주의 문학에서 많이 일컬어진 시인 워즈워드를 생각나게 한다. 라이너 마리아 릴케의 시도 떠오른다. 내 동료 교수가 번역한 낭만주의 시들이 생각난다. 어떤 시들은 자칫 근대문학에서 보여준 계몽적인 분위기라 할 수도 있다.

이 시들은 신앙적인 구도자의 입장에서 삶을 노래한 것이다. 사실 신앙적으로 훌륭한 신자들이 많이 있다. 그러나 조정숙 시인은 신앙을 주제로 하여 삶의 문제를 문학적으로, 서사적으로 구현하였다는 점에서 매우 다르다.

문학을 공부한 이들에게는 제도권에서 배운 양식이 존재한다. 이 양식을 벗어나면 비판이 가해진다. 그러나 조정숙 시인의 시는 제도권의 규율을 넘어선다. 시의 형식보다는 극한 체험과 삶의 노래이다. 고통을 뛰어넘어 내가 살아온 삶을 당당한 모습으로 통찰하여 마치 여행의 안내자처럼 우리가 가야 할 길을, 그래서 시가 가야 할 길을 자세히 제시한다.

가족과 이웃과 위하여

이 시집은 '나'가 중심이 된다. 나와 가족 간의 이야기, 내 개인적인 이야기, 나와 주님과의 이야기가 중심이다. 그래서 '내 가슴, 내 가정, 내 아들, 내 딸, 내 님, 내 새끼, 내 생명, 내 아버지, 내 자식, 내 인생, 내 주님, 내 친구'가 시의 소재가 된다.

시에서 '나'가 중심이 되는 경우는 주로 참여시에서 극한적인 고통을 받고 있을 때, 나를 중심으로 이야기하는 경우가 많다. 또한 서정시에서 나와 자연과, 나와 사람과의 관계를 이야기할 때 많이 사용하는 방법이다.

조정숙 시인의 시에서는 '나'는 가족이고, 친구이고, 신자의 일원일 뿐이다. 나와 관계된 모든 것들이 나보다는 상대를 위해 존재한다. 나보다는 상대를 위해 말하려고 한다. 매우 이타적인 사랑을 전하고자 한다. 손자, 아들, 며느리, 어머니, 아버지, 남편을 위해 사랑을 베푼 소박한 모습을 그대로 전하고 있다.

작가의 세계는 전체보다는 하나를 통해 전체를 이해하려는 의식세계를 보여준다. 현실에서는 작은 것, 평범한 일상을 추구하는 삶이다. 한 잔의 커피에 만족하는 삶이다. 그러나 작은 것을 통해 신앙인으로서 이상을 추구하고 있다.

> 너희들로 기뻤던 날들
> 가슴 졸이며 눈물로 수를 놓았던
> 그 많은 날들
> 내 인생 너희들로 가득 채워져 있네.
>
> ─「열매」 중에서

가족 중심, 공동체 중심의 의식은 '우리 새끼, 우리 딸, 우리 아들, 우리 아버지, 우리 어머니, 우리 시어머니, 우리 외삼촌, 우리 주님, 우리 자매, 우리 큰며느리, 우리의 가정, 우리의 본향과 같이 '우리'라는 의식 속에서 공동체를 중심으로 생활하고 있는 모습을 강하게 엿볼 수 있다.

'손자와의 사랑'을, '손가락 사이로 다 빠져나가 빈손 되는 사랑'이고 '달아나는 사랑'이고, '짝사랑'이라고 고백하고 있다. 할머니 편을 드는 손자에서 '작은 천국'의 모습을 느끼고 사는 마음을 고백한다. 지극히 평범한 일상을 노래한다.

아! 생각만 해도 가슴이 벅차오르건만
보고 돌아서면 또 그리워지는 마음이건만
채워질 수 없는 짝사랑에 가슴 허전한
아! 황혼에 주님이 주신
마지막 사랑이여.

-「손자와의 사랑」 중에서

엄마 아빠는 예의도 없이
우리 할머니 안 오셨잖아?
수저 들려 했던 엄마 아빠가
아들에게 혼이 나는 모양이다.

-「작은 천국」 중에서

두 며느리와 나누는 사랑은 함께 아기자기하게 식사를 하면서 나누는 사랑이다. 받으려는 사랑이 아니라 음식을 만들어 주고 싶은 사랑이다. 두 며느리를 공주라 부르면서 친딸을 대하듯 하는 모습에서 사랑이 느껴진다. 가족에게 진심을 고백하는 엄마의 모습은 조정숙 시인의 진심어린 고백록이다.

「아내」에서는 두 아들에게 '아내를 사랑하고 잘 보살펴라'고 당부한다. 시어머니와 며느리의 살가운 사랑이 느껴지는, 그래서 가슴이 뭉클해지는 사이를 보여준다. 시인은 어머니의 입장에서 모든 엄마들을 대변한다. '엄마'는 못난 아들을 더 사랑하면서 사랑의 극치를 보여준다.

> 층계를 내려가 아삭아삭한 오이 고추를 한 주먹 따고
> 호박잎도 따야지.
> 된장을 맛있게 쪄서 상에 놓으면
> 우리 공주 맛있어 하며 먹겠지?
>
> — 「기분 좋은 날」 중에서

> 큰공주에게는 사랑이라 이름 붙이고
> 막내공주에겐 감사라 이름 붙여서
> 내 평생 사랑하며 귀히 여기리.
>
> — 「공주들에게」 중에서

> 내 아들들아!
> 네 마음과 정성을 다하여 아내를 귀히 여기고
> 외로워 눈물짓지 않도록 잘 보살피고 사랑하거라.
>
> — 「아내」 중에서

어머니는 못나고 어리석은 아들.
말썽만 부리며 속을 썩이고
모든 일이 잘 안 되어 간이 살살 녹아내리게 하는
그런 못난 아들을 더 사랑한다.

-「엄마의 사랑」 중에서

   시인은 아버지의 사랑과 어머니의 사랑에 대한 그리움으로 사무친다. 「아버지」에서 고인이 되신 부모님의 애틋한 자식 사랑이 내리 사랑으로 이어지고 있음을 볼 수 있다. 아버지를 '화롯불 같은 우리 아버지'로 비유하고, 「호박꽃」에서는 어머니를 일상적이며 포근한 '호박꽃'으로 상징하는 모습이 돋보인다. '노오란'을 계속 사용하여 진한 엄마의 사랑을 표현한다. '눈물 한 방울 톡 떨어지게 하는'이란 구어적이며 사실적인 표현에서 애절한 엄마의 그리움이 진하게 묻어난다.

시집살이에 찌든 내가 보이면
얼른 푸줏간으로 달려가시던
아! 꿈에라도 보고 싶은 아버지.

-「아버지」 중에서

첫 애 낳고 발가락 하나도 못 움직이며 누워 있는 나에게
산모에게 좋다는 더덕에 장닭을 넣어 푹 곤
뜨거운 약물을 머리에 이고 조심조심 한 시간을 걸어 오시어

한 대접 먹이시고 돌아가시며 아무래도 우리 딸 죽을
것 같다고
엉엉 울고 가신 오래 전에 돌아가신 그리운 엄마가 생
각이 나서
가슴이 찡하여 눈물 한 방울 톡 떨어지게 하는
담에 피어 있는 노오란 호박꽃.

-「호박꽃」 중에서

「청춘」에서는 문학소녀가 젊은 시절을 회상하면서 가슴
시리던 '청춘'을 이야기하다가, 가족을 위해 반찬을 준비하
려고 망설이는 모습에서 생활인의 현실적인 자세를 느낀다.
이 시인이 신앙적인 글을 쓰면서도 우리에게 큰 공감을 주
는 이유는 현실에 발을 굳게 두고 서있기 때문이다. '가슴
시린, 가슴 두근거린' 시절, '아련한 추억', '홀로 걷던 낭만',
'시를 외우며 헤매던' 시절을 그리워하면서도 또 현실을 결
코 잊지 않으려는 문학소녀의 모습이 떠오른다.

떨어진 '모과' 세 개를 주어다가 다시 나무 밑에 놓고 가
는 모습은 아무나 할 수 없는 양심의 소리를 듣게 한다. 매
우 사실적인 묘사와 리듬감이 돋보인다.

고생만 하면서 볼품없이 되어 버렸다고 생각하는 자기의
모습이 '예뻐 보인다'고 하는 소리에 신이 나는 소녀와 같은
모습을 볼 수 있다. 이 시인은 직유법을 많이 사용한다. 상투
적일 수 있는 직유법이 이 시인에게는 장점이다. 너무 사실
적으로 자신을 낮추는 겸손한 모습이 직유로 살아난다.

파우스트는 영혼을 팔아 청춘을 사드라만
오늘 이 자리에 앉아 무슨 반찬을 할까 망설이는 내가
정말로 나는 좋다.

-「청춘」 중에서

어스름 저녁에 밥을 안치고
모과를 들고 살금살금 군청에 가서
모과나무 밑에 가만히 놓고 돌아서는데

-「모과」 중에서

아! 아무리 보아도
한여름 뙤약볕에 시들어 빠진
팔다 남은 열무 다발 같은 내가 예뻐 보인다니
당신들은 예뻐 보이는 안경들을 맞춰 썼나요?

-「예뻐 보이는 안경」 중에서

통곡하는 친구를 위해 '내 아들을 주고 싶다.'고 말할 때 벗을 위한 사랑은 절정에 이른다. '초라하고 작아서 사랑하지 않을 수가 없는' 벗에게 모든 세파를 벗어 던지고 '내 어깨에 기대어 보렴.'이라고 위로할 수 있는 진정한 마음은 어디서 오는 것인가? 사람이 사람을 사랑하는 참모습을 보여주는 것 같다. 이 시를 통해 친구의 아픔을 함께 해야 하지 않겠냐며 우리에게 반문한다.

그 친구의 사랑하는 아들이 죽어

비틀거리며 통곡할 때에
내 아들 하나를 주고 싶었다.
- 「친구야!」 중에서

내 친구야! 아무것도 서러워 말고
내 어깨에 기대어 보렴. 진정 너를 사랑하는 나에게…….
이제 눈물을 거두렴. 가장 사랑했던 아들이 떠나간 애
통함도
자식들에게 느끼는 배신감도 한낱 꿈이라고 생각하렴.
- 「벗에게」 중에서

많은 사람들에게 빚만 지고 나이가 들었다. '부모님의 은
혜, 형제들의 사랑, 친구들의 배려, 자식들의 위로'를 빚으로
표현한다. 이 빚을 살면서 갚을 거라 생각했지만 이제 시인
자신이 갚을 수 없음을 알고 주님께서 대신 갚아달라고 맡
기는 겸손한 신앙인의 자세를 보여준다.

이제 기울어져 가는 황혼에
무엇으로 이 빚을 다 갚을 수 있으리?
그저 온 마음을 다하여
감사하고 또 감사하며
내 주님이 대신 갚아 주시라고
맡기는 길 뿐이리.
- 「사랑의 빚」 중에서

고통을 뛰어넘어 낭만으로

조정숙 시인이 살아온 시대는 누구나 어렵고 굴곡진 삶의 시대였다. 꽁보리밥을 먹는 것으로 크게 만족해야 했던 시절이었다. 배고팠던 체험은 후에 먹을 만한 형편이 되어도 쉽게 잊혀지지 않는 법이다. 가난한 시절, 부유한 집의 상징인 '굴비'에 아무도 손을 대지 않는 모습이 가슴을 먹먹하게 한다. 굴비가 눈을 흘기는 의인화된 표현이 매우 상징적이다.

> 애들아! 이제 할머니도 돌아가셨고
> 이제 굴비 먹을 형편은 되니
> 마음껏 먹어라 아무리 말해도
> 아무도 손 안 대는 굴비.
>
> ─「굴비」 중에서

조정숙 시인은 남편이 술을 좋아하여 말썽을 피우고 다니다가 결국 병이 들어 병수발이며 뒤치다꺼리를 하다가 한 세월을 보냈다. 그래서 남편을 '고약한 사람'으로 표현한다. 다시 한 번 또 나를 울리면 '내 손에 죽을 줄 알어.'라고 애교스런 협박을 주저치 않는다. 얼마나 당하고 살았으면 돌아가신 남편에 대해 이런 표현을 할까?

그 당시 우리네 남편들이 저지른 일들은 대부분 비슷비슷하여 어느 집이나 있었음직한 일들이다. 그러나 그러한 고통

을 준 남편에 대해서, 남편이 좋아했던 햇복숭아를 보면서
가슴이 저려옴을 느끼면서 절절하게 사랑을 표현한다.

> 내가 서러워 울 때
> 왜 우는지 짐작도 못하던 바보 같은 사람.
> 밤마다 술 먹고 와서
> 울며 밤을 지새우게 했던 고약한 사람.
>
> 　　　　　　　　　　　　-「용서」 중에서

> 햇복숭아가 눈에 뜨이면
> 우리 애들 아빠가
> 딱딱한 복숭아를 그리도 좋아했는데 싶어
> 가슴이 찡하며 눈가가 젖어오는데
>
> 　　　　　　　　　　　-「남편께 올림」 중에서

　사촌 여동생을 위해 쓴 「내 동생」에서는 한 처녀가 온몸
이 마비가 된 청년과 백년가약을 맺고 살아온 인고의 세월
을 이야기하고 있다. 신앙과 사랑이 없이는 불가능한 내 동
생의 생활을 시를 통해 위로하고 있다. 동생의 일생을 통해
신앙인으로서 현실에서 실천해야 할 사례를 극명하게 제시
한다.

> 너무도 어여쁜 처녀 시절
> 교회에서 봉사 다니던 원호 병원에서
> 교통사고로 온몸이 마비된 한 청년을 만나

온 식구 친척까지 다 교회 다니기로 약속받고
둘이서 결혼식을 올렸습니다.

-「내 동생」 중에서

아무것도 없이 맨몸으로 시어머니와 남편을 수발하고, 두 아들을 키우면서 겪어야 했던 수많은 고통과 번민을 가진 우리 시대의 어머니, 「가난」에서는 조금만 더 있었으면 하고 수도 없이 되뇌이던 생각들이 이제와 생각하니 오히려 홀가분하다는 상반된 마음에 누구나 고개를 끄덕이게 될 것이다. 몸과 마음을 가볍게 하고 살라고 현실과는 정 반대되는 삶을 권유하는 어머니의 모습은 굳은 신앙에서 나오는 것이다.

꿈 많던 시절, 서울에 있는 대학에 입학하여 조금 다니다가, 자퇴하고 결혼을 해서 겪은 고통과, 울분을 삼키면서 애환을 승화시킨 이야기를 「인생 1」에서 잔잔히 표현하고 있다. 누구나 똑같이 겪게 될 삶 속에서 '여성적인 것이 우리를 구원한다.'고 우리에게 명제를 던지고 있다.

어머니로서 가정을 지키고 아이를 키우면서 끝까지 살아온 지금, 스스로에게 '기특하다'고 위로한다. 수없이 되뇌었을 '참자'라는 말로 끝까지 가정을 지켜온 오늘이 '기특할' 수밖에 없었을 것이다. 그러나 이 모든 것을 주님의 동행으로 은혜롭게 가정을 지키게 되었다고 감사하고 있다.

가진 것 없어 괴롭노라고
슬퍼하고 투덜거리며 살아온 날들.
지금 와서 생각해 보니
가진 것 적어서 홀가분하여라.

-「가난」 중에서

아버지! 당신이 하라시는 대로
나 하나만 울었습니다.
이제 황혼에 서서 생각해 보니
당신의 말씀이 옳았습니다.

-「인생 1」 중에서

내 인생에서 가장 장하다고
박수치며 칭찬하고 싶은 일.
가정을 깨뜨리지 않고 자식들 울리지 않은 것.

-「아! 기특해」 중에서

조정숙 시인은 「오, 해피 데이」라는 시를 통해 가난, 행복, 사랑, 가슴, 천국을 이야기한다. 고통스럽고, 가난하고, 괴로 웠지만, 그로 인해서 행복했고, 사랑했고, 천국에서 살았다고 고백한다. 정반대가 되는 이러한 상황은 신앙인으로서의 마 음가짐에서 비롯된다고 말할 수 있다. 우리는 나에게 주어진 고통이 잘 승화된 시를 만날 수 있다. 이 땅의 모든 어머니 가 그런 것처럼, 가족에 대한 봉사와 헌신이 사랑으로 승화 된다. 현실에서든, 다음 세상에서든 똑같은 삶을 실천하고 희구하려는 자세가 드러난다.

> 가난했어도 난 행복했었고
> 사랑으로 내 가슴은 터질 것 같았으며
> 천국에서 살다가 천국으로 옮겨가오니
> -「오! 해피 데이」 중에서

시인은 조그만 더 인내했더라면 고통스럽지 않았을 거라고 말한다. 이 고통 속에서 자기는 성장했다고 선언한다. 고통을 승화시켜 많은 사람에게 전하고 싶은 마음이 느껴진다. 「고통」이란 시에서는 극단적으로 겪는 고통을 해결하는 방법을 신앙의 관점에서 제시하고 있다. 「세월」에서는 고통은 '내 주님이 홀로 지기 버거워/ 같이 지자 내게 맡긴 십자가'라 표현하며 승화시키고 있다. 이 시에서는 '지난 세월을 보자기에 고이 싸서/ 이것뿐이 드릴 것이 없사옵니다'하며 주님께 드리겠다는 아름답고 순수한 표현이 자리한다. 추상적인 '세월'을 아끼는 선물로 비유한 표현이 놀랍다.

> 아! 이래서
> 고통은 너무도 큰 축복입니다.
> 주님을 만나 성장할 수 있는 기회입니다.
> -「고통하는 그대에게」 중에서

당당하고 통쾌한 삶의 태도

조정숙 시인은 당당히 삶을 노래한다. 누가 감히 내 삶을 당당히 노래할 수 있을까? 시인은 당당히 신앙을 노래한다. 누가 내 신앙을 당당히 노래할 수 있을까? 이 당당함에서 우리는 통쾌함을 맛보게 된다. 삶의 희열을 맛본다.

시 한 편 한 편마다 통쾌하고 강렬한 메시지를 전달하고 있다. '촌철살인'(寸鐵殺人)의 글솜씨를 뽐내고 있다. 이러한 통쾌함은 어디서 오는가? 애절함, 고통을 넘어서 해학과 풍자 정신으로 승화되고 있다. 고통이 낭만으로 승화되고 있다.

기적은 다른 곳에 있지 않다. 우리가 겪는 매일 매일의 삶속에서 기적은 일어나고, 또 우리는 기적을 만들고 있다. 참 신앙인의 모습을 보여주고 있다. 건전한 신앙인의 모습이다.

인간적으로 그토록 괴롭히던 남편이 세상을 떠났다. 그래도 다시 만나기를 바라면서 '내 손에 죽을 줄 알어.' 라고 유머를 잃지 않는다.

머언 나중에
천국에서 만나서도
미안하다 사과하지 않으면
그때는 정말 절교할 거야.

－「산길에서」중에서

그러나 당신
꼭 명심하구려
그때에도 날 울리고 애를 태우면
그때에는 당신
내 손에 죽을 줄 알어.

-「또 만날까요?」 중에서

시인의 예언자적 사명은 여러 시에서 나타난다. 눈치 보지 않고 세상을 향해 외친다. 가슴 아픈 우리의 치부를 적나라하게 드러낸다. 자식에게 인간적인 도리를 가르치라고 힐책한다. 가정을 지켜 이혼하지 말고 자식을 지키라고 당부한다. 시인은 북녘 동포들의 어려움을 그냥 지나치지 않는다. 제비에게, 바람에게 남쪽에 차고 넘치는 많은 먹을 것들을 전해달라고 부탁한다.

엄마들아! 예의범절도 안 가르치고
사람 살아가는 도리도 안 가르치며 공부만 잘하면 최고라고
왕 같이 떠받들고 키우니 너희 자식들을 괴물로 키우려느냐?
자기만 알고 남을 조금치도 배려할 줄 모르는 괴물들만 바글거리는 세상,

-「우리가 어렸을 적에」 중에서

엄마들아! 되도록 가정을 깨트리지 말고
제발 새끼들을 울리지 말자.

- 「현명한 선택」 중에서

내 입 하나라도 줄여 동생들 살리려고
보따리 싸고 있는 누나네 집에
흰 눈처럼 소복이 쌀을 쏟아 주거라.

- 「제비와 바람에게」 중에서

　그런가 하면 자연을 보호하자고 말한다. 모든 생물들이 함께 사는 세상을 원하는 것이다. 청설모의 밥을 훔쳐가는 사람들 때문에 굶고 있는 동물에게 미안함을 표현한다. 환경문제로 떠나가는 제비, 참새, 메뚜기를 그리워하면서 동물과 곤충들이 같이 살 수 있는 환경 보호를 외치고 있다. 살아있는 모든 것을 사랑하는 모습이다.

속 모르는 저 청설모는 아이 얄미워
저 할머니 어쩌면 저렇게도 짠돌이일까?
자기만 배불리 먹고 나눌 지도 몰라
저희끼리 속닥이며 흉보는 것 같아
얼굴이 빠알개져 산을 내려오네.

- 「청설모」 중에서

예쁜 제비야! 돌아와 줘.
메뚜기야 돌아와 다오.

잠자리야, 참새야 부디 떠나가지 마.

- 「제비야!」 중에서

　목소리만 높이는 게 아니라 실천한다. 시인은 집안에 담아
놓은 고추장이며 된장을 막 퍼주려고 생각하면서 기뻐한다.
아무런 조건 없이 퍼주면서 살다가 가겠다고 다짐한다. 범상
한 우리가 할 수 없는 베푸는 마음이다. 어려운 이와 함께
하는, 거꾸로 사는 삶을 실천하는 푼수다.

　시인은 자신을 푼수로 지칭한다. '푼수'는 '생각이 모자라
고 어리석은 사람을 놀림조로 이르는 말.'이다. 남들이 나를
놀려도 좋다는 말이다. 남들이 평가하는 데 관여치 않겠다는
의지다. 시인의 엄마를 닮았다는 자식의 푼수 같은 모습을
그 누가 어찌할꼬?

　무엇이 이 시인을 이타적인 삶으로 변화시켰을까? 신앙의
차원인가? 아니면 타고난 인간적인 모습인가? 타고난 성격과
신앙의 가르침이 잘 발현되었다고 밖에는 이야기할 수 없다.
'골치 아픈 딸'로 자라, 범상치 않은 선행으로 말미암아 가족
과 많은 갈등을 겪고 있으면서도, '퍼주며 살다가 가겠수' 하
며 양식을 퍼주는 모습도 당당하다.

　아! 내가 누굴 닮아 푼수지?
　아기 낳고 굶고 있는 이웃 아줌마에게
　쌀 한 자루 이어다 주고 장작 한 다발 안아다 주는

착한 우리 엄마 닮아 나도 푼수지.

- 「푼수」 중에서

설령 안 갚아 주신다 해도
우리 주님이 기뻐하시는 일이니
이 생명 다하는 날까지
퍼주며 살다가 가겠수.

- 「퍼주면 살다가 가겠수」 중에서

행복이 차고 넘치면 진정한 행복이 아니라고 선언한다. 욕심과 욕망을 내던져 버리고 비울 때에 비로소 기쁨과 평화가 채워진다고 말하는 마치 도인과 같은 선언은, 갈팡질팡하는 현대인에게 한 줄기 시원한 소나비를 내려주는 듯하다. '채워서 행복하려 말고/ 다 비우고 행복해지자'라며 역설적 제안을 하고 있다.

「소유권 이전」에서는 이제 자식들도 모두 주님께 돌려드리고 '땡강 놓지 않겠다.'고 맹세하는 시인의 해탈의 경지에서 역시 통쾌하다는 생각을 지울 수 없다. '내 것이라고 억지 쓰던 것들'의 소유권을 모두 이전하겠다는 비유가 매우 참신하다.

비워서 얻는 행복은 진정한 행복이어라.
욕심도 욕망도 다 내던져 버리면
그 빈자리에 기쁨과 평화가,

감사와 만족이 소리 없이 채워지네.

-「비워서 얻는 행복」 중에서

자 주님. 이 세상에서 가장 귀한 내 자식들
미련 없이 주님께 돌려 드리고
다시는 내 새끼라고 땡강 놓지 않겠사오니
당신이 쓰시고 싶은 도구로 써 주소서.

-「소유권 이전」 중에서

주님을 위해 닳아 없어지는 삶

조정숙 시인의 시를 읽으면서 필자는 신앙의 힘을 깊이 묵상하게 되었다. 같은 신자이지만 어떻게 신앙을 이처럼 생활 속에서 성숙하게 펼쳐나갈 수 있을까? 세상 잡사에 파묻혀 사는 데 바쁜 우리네 삶에 이 시인의 시는 맑은 빗물을 내려 주는 듯하다.

이 시인의 키워드는 '주님, 사랑, 사람, 가슴' 등이다. 모든 시는 주님 안에서 생활하고 감사하는 시이고, 고통도 주님께서 주신 선물이다. 사람과의 관계, 주님과의 관계를 뜨거운 가슴으로 안고 가는 이 시인의 종착점은 바로 사랑이다.

시인의 삶은 고통의 연속이었다. 그러나 신앙을 통해서, 말씀을 통해서 고통을 어떻게 끝맺는가를 잘 보여준다. 사람

들과의 화해, 주님과의 화해를 통해 고통을 끝맺는 법을 제
시한다. 고통이 주님의 은혜임을 깨닫기까지 인고의 세월을
잘 버틴 이 시인에게 존경하는 마음을 보내드리고 싶다. 「주
님 손잡고」에서는 주님께 소원하면서 전적으로 의지하는 신
앙인의 자세를 바르게 보여준다.

고통은 당신을 바라보시며
사랑해 다오 하시는 우리 주님의 싸인입니다.
얼른 알아차리고 그분과 화해를 하고
사랑의 계약을 맺으면 고통은 끝이 납니다.
-「고통」 중에서

세월이 흘러 고통도 끝이 나고
지난날들을 뒤돌아보니
모든 것은 주님의 은혜이며 사랑이었네.
그 뼈아픈 고통까지도…….
-「아! 주님의 은혜」 중에서

사랑하는 주님!
제 손 꼭 잡고 계시지요?
절대 내 손을 놓치지 마세요.
주님 손잡고 동행할 수 없다면
나는 한시도 살 수 없어요.
-「주님 손잡고」 중에서

이 시인은 주님을 그리워한다. 석류는 그리움이 뭉쳐 알알이 발갛게 박혀 있고, 해바라기는 그리움이 뭉쳐 까만 씨가 되었다고, 주님을 그리는 마음을 '석류'와 '해바라기'를 통해 비유적으로 노래하고 있다. 「하늘나라」에서는 하늘나라에 가고 싶은 사람은 '믿음, 순종, 겸손, 회개, 순결, 사랑, 자선, 용서, 충성'이 필요하다며 신앙인이 가야할 삶의 답을 키워드로 제시한다. 그리하여 「연어처럼」에서는 연어가 태어난 본향으로 가고자 노래한다.

> 아! 나도 석류처럼 해바라기처럼
> 우리 주님을 사랑하고 그리워하다가
> 석류처럼 가슴이 터지고
> 해바라기처럼 그리움이 씨가 되었으면…….
> 　　　　　　　　　　　　-「석류와 해바라기처럼」 중에서

이 시인은 「내 님이시오니까?」에서 주님이 이미 내 안에 깊이 계시는 것을 깨닫고 노래한다. 주님이 항상 나와 동행하는 줄을 일찍 깨달았다면 하는 아쉬움을 깊이 남기면서, 인간적인 약점을 솔직히 고백하는 신앙인의 자세가 공감적으로 드러난다. 행복한 동행은 주님과의 동행임을 말하고 있다. 「축복」에서는 세상을 하직할 때, 주님을 만나러 가니 늙어가는 것이 축복이라 희망을 노래하며, 주님이 안식을 주실 거라고 믿는 굳은 믿음이 드러난다.

애야! 나는 네 안에 있거늘
어찌 밖에서 나를 찾느냐?
아! 내 안에 계셨던
사랑하는 내 님이시오니까?
                              -「내 님이시오니까?」 중에서

아! 고마우셔라. 주님의 사랑.
너무도 감사하여 뜨거운 눈물 맺히네.
주님이 언제나 나와 함께 동행하심을
일찍이 알아챘다면
서럽게 울면서 살지는 않았을 것을……
                              -「행복한 동행」 중에서

평생을 그리워하였던 님이
나를 맞아주시려 기다리시다가
잘 왔다. 참 애썼구나 하시며 안아주시리라
굳게굳게 믿고 있기에
                              -「축복」 중에서

신앙인으로서 현실에서 얼마나 겸손하게, 가장 낮은 자의
모습으로 살아야 하는지를 보여주는 '십자가'는 나 위주의
삶이 아니라, 주님을 위하는 삶이 되고자 노력하는 시인의
모습이 잘 드러난다. 「황혼에 서서」에서는 '시고 떫은 열매'
인 나를 잘 익혀 달라고 청하는 모습이 순수한 어린이 같다.

설 삶아진 고구마처럼
덜 절여져 되살아난 배춧잎처럼
오늘도 남편에게 말대답하고
땡강 놓는 손자의 엉덩이를 손으로 때려
주님 얼굴에 먹칠을 했으니
언제나 잘 죽어 주님 살릴까?

- 「십자가」 중에서

    조정숙 시인의 시집의 제목은 『행복한 동행』이다. 처음 손
으로 쓴 유인물을 만들 때, 조정숙 시인이 직접 지은 책의
제목이다. 이때 '동행'은 여러 가지 의미를 갖는다. 가족과의
동행, 친구와의 동행, 사람들과의 동행, 주님과의 동행이다.
왜 우리가 '동행'을 해야 하는지를 시 「동행」에서 잘 보여준
다. 지난 인생 투덜거리면서 살았는데 주님이 동행하시면서
지켜주시는 걸 깨달았으면서도 또 인간적으로 동행길에서
벗어날까 걱정하는 시인의 모습에 큰 공감을 보낸다.

이제 내가 주님께 우산이 되고
십자가 같이 지는 자식이 되어
남은 세월도 주님 손잡고 동행해야겠는데

아직 철이 덜 든 철부지여서
끝까지 투덜거리며 걸어갈까 봐
아하! 정말 정말 걱정이 되네.

- 「동행」 중에서

이 시집을 읽는 내내, 또 글을 쓰는 내내, 내 머리를 떠나지 않았던 시는 바로 「닳아서 없어지리」였다. 주님과 동행하는 일이 거저 주어지는 일은 아니다. 이 시인은 자기의 삶을 통째로 바쳐서 이제 마지막 남은 것까지 닳아서 없어지겠다고 다짐한다. 아니 선언한다.

예수님이 죽음으로써 인류를 구원하신 것처럼, 시인 역시 닳아 없어져서 사랑을 실천하겠다는 신앙인의 다짐은 애절함을 넘어서 통쾌하고 당당하다. 시인의 신앙심과 어머니, 아내로서의 삶의 모습이 자랑스럽다. 우리 모든 신앙인들도 '남은 세월 불평 말고/ 닳고 닳아 없어지게 하소서.'

> 주여! 내가 닳아 없어지게 하소서
> 괴로운 일 어려운 일 다 내가 지게 하시고
> 골고다 언덕길 십자가 지고 올라가신 주님 뒤 따라가
> 남은 세월 불평 말고
> 닳고 닳아 없어지게 하소서.
>
> - 「닳아서 없어지리」 중에서

화해를 위해 손을 내밀다

부모가 자식을 위해 최선을 다했다고 생각하지만, 거꾸로 자식의 입장에서는 무수한 상처를 간직하고 산다. 「시어머니」에서는 시집살이를 호되게 시키신 시어머니와의 관계를 이

제 사과하고 그 맺힌 것을 풀겠다고 다짐한다.

> 나중에 천국에 가서
> 우리 시어머니 만나 뵈면
> 제일 먼저 그것을 사과하겠습니다.
>
> －「시어머니」 중에서

이 시인은 「사랑하는 아들들에게」에서 막내의 마음을 쓰다듬으며 자식에게 사과한다. 그리고 용서를 청한다. 큰아들을 위해 작은아들에게 푸대접했다고 말하면서 지난날 그 상처에 대해 용서를 청하는 어머니의 모습에서 참어머니의 모습을 발견하고, 자못 경건해진다. 가족들, 특히 자녀들과의 화해는 오늘날 우리 부모들이 꼭 하고 가야 할 길이다.

이러한 심성의 근저에는 「두 아버지」에서 보는 것처럼 친정아버지의 용서가 자리하고 있고, 나아가 주님의 용서가 자리하고 있다.

> 내 희망이며 자랑인 막내야!
> 너에게 사과할 일이 태산 같구나.
> 어려서부터 착하고 공부도 잘했던 내 아들.
> 네 형이 너에게 치일 것 같아
> 너를 푸대접하며 키웠던 엄마
> 얼마나 상처를 많이 받았을까?
> 사랑하는 막내야! 이 엄마 용서해 주라.
>
> －「사랑하는 아들들에게」 중에서

내가 아무리 죽을죄를 저지르고
기죽어 고개 푹 숙이고 돌아간다 해도
사랑의 손길로 내 등을 토닥이시며
애야! 너는 이 세상에서 내가 제일 사랑하는 딸이 아니냐?

-「두 아버지」 중에서

시인에게 남편은 '얄미운 사람, 무정한 사람, 바보 같은 사람, 고약한 사람'이다. 자신에게 고통을 준 남편을 '절대 용서 못한다'고 수없이 다짐하였다. 그러나 주님의 말씀에 따라 용서하는 방법을 제시한다. 이 시인이 용서하여 화해하고자 하는 마음은 「용서」에서 절정에 이른다.

이 천진한 문학소녀는 '한마디 사과도 없이 말없이 슬그머니 가버린 사람'에게 용서를 전제로 한 애교 섞인 화해를 청한다. 「산길에서」는 '사과하지 않으면 그때는 정말 절교할 거야'라고 화해를 선언한다. 「또 만날까요?」에서 살면서 무척 고통스럽게 한 남편에게 '그때에도 날 울리고 애를 태우면 그때에는 당신 내 손에 죽을 줄 알어.'라는 해학적인 조건을 달아 화해의 손을 내미는 모습은 웃음을 뛰어넘어 감동으로 다가온다.

너는 일 만 달란트를 탕감 받고서
백 데나리온밖에 빚지지 않은 네 남편을 용서 못하겠느냐?
지우개를 꺼내 단단히 새겨진

죄목들을 하나씩 지워 나간다.

-「용서」 중에서

머언 나중에
천국에서 만나서도
미안하다 사과하지 않으면
그때는 정말 절교할 거야.

-「산길에서」 중에서

우리 다시 또 한 번 만나
지지고 볶으고 살아 봅시다.
우리 예쁜 새끼들 또 다시 낳고
행복하고 편안하게 살아 봅시다.

-「또 만날까요?」 중에서

　한평생 신앙 안에서 살면서 현실에서 체험한 모든 욕심과 미움에서 벗어나고자 몸부림친 결과, 용서하고 화해할 때만이 진정으로 행복한 사람이 된다고 결론짓는다. 「행복한 사람 1」의 구성은 매우 독특하다. 3연까지 자문을 하고 4연과 5연에서 자답을 한다. 그간의 삶의 경험을 통해 자기 스스로에게 자문자답을 하는 것이다. 인생을 정리하는 모습을 잘 보여 준다. 「행복한 사람 2」에서는 행복한 사람을 정의할 정도로 신앙 안에서 행복에 대한 생각이 매우 확고하다.

티끌만큼도 부족함 없는 진정한 행복은
모든 욕심에서 해방되는 것.
지긋지긋한 미움에서 벗어나서
아무 구속 없이 마음이 텅 비어지는 것.

그 텅 빈 마음을 사랑과 감사로 채우고
용서와 연민으로 가득가득 채워 놓으면
우리 주님이 살짝 들어오시네.
그러면 진정으로 행복한 사람이 되지.

-「행복한 사람 1」중에서

한 인간의 우아한 영혼을 보다

　조정숙 시인의 시를 읽으면서 필자의 머리에 우선 떠오르는 것은 '낭만주의'와 결부된 '낭만'이었다. 개인적으로는 엄청난 시련과 고통을 겪으셨다. 동시대를 사신 모든 어머니들도 그만큼 겪었을 것이다. 그런데 시인은 고통을 낭만으로 승화하여 이를 문학적으로, 서사적으로 구현하고 있다. 유럽의 낭만주의 시들이 보여주었던 개인의 감동, 환희, 감격, 감탄으로 이루어져 있다.

　이 시인의 시를 읽으면서 문학적인 수사가 부족하다고 생각할 지도 모른다. 그러나 이 시에서는 특별한 비유와 수사가 필요하지 않다. 쉬운 말로 자기의 감정을 이처럼 잘 표현한 시가 얼마나 있을까?

이 시인도 고등학교 때 백일장에 나가서 상을 많이 탔고, 서울에 있는 문과대학에 입학하고 자퇴한 경력이 있는 문학도였다. 이 시가 범상하지 않음은 바로 이러한 수련에서 비롯된 것일 것이다. 시인이 삶 속에서 체험하고 느낀 바를 이처럼 문학적으로 형상화시킬 수 있기까지는 신앙과 현실적인 삶과의 사이에서 많은 내적 체험과 갈등을 하였을 것이다.

조정숙 시인의 시가 우리에게 주는 통쾌함, 당당함은 어디에서 오는 것일까? 고통을 벗어던지고 당신의 내면에 던지는 솔직함, 진솔함에서 온다. 인간적인 아픔을 벗어나 더 이상 머뭇거리지 않고 주님께 달려 나가는 신앙인의 순진무구함에서 온다.

우리나라에 사는 한 여인이 평생 동안 겪은 삶의 여러 모습이 신앙 안에서 극적으로 승화되는 모습을 보면서, 필자도 이러한 삶을 산다면 자랑스럽겠다는 생각을 해본다. 한 인간의 고결한 영혼을 보는 이 순간, 내 영혼도 맑아짐을 느낀다.

조정숙 시인의 첫 시집 출간을 진심으로 축하드린다. 항상 주님 안에서 행복하시기 바란다. 아울러 이 좋은 시집을 기꺼이 출판해 주신 이대현 사장님과 임애정 선생님을 비롯한 편집진께도 깊이 감사를 드린다.